流動日常

藝術蝦
——
圖・文

推薦序

好好生活，一同記錄屬於我們的日常

《街屋台灣》作者鄭開翔

回想自己的求學過程，在美術班上課通常多是面對靜物、石膏像之類的題材，當時的我其實也搞不懂「創作」是怎麼一回事，只有偶爾需要交作業或是面對畢業展時，才會硬著頭皮模仿畫出一些「貌似」作品的畫。那時的我除了交作業之外，平常也很少主動畫畫，對於「因喜歡藝術而選擇就讀美術班」的學生來說，這其實是有些矛盾的事，也因不懂創作的本質，對自我創作脈絡的爬梳也一知半解，以致於離開學校後，很長一段時間自己雖然想畫點東西，但卻常常摸不著頭緒。

直到數年前我認識了「Urban Sketch」（城市速寫）這個概念，開始記錄日常，才發現創作其實就是「好好生活」，不需「為賦新詞強說愁」，只要好好地去感受，生活的點滴自然會淬鍊成創作的題材。這樣的生活紀錄並不一定有明確的目的，但帶著一種「純粹」，因此更加接近藝術的本質與創作者的內心。

而致維這本新作《流動日常》，便是一本記錄了生活瑣事且十分貼近創作者內心的作品。

我總好奇，致維明明平常有其他的職業，為何還能維持如此大量的文字與作品產出，原來他平常就有寫日記的習慣，這個習慣無形中培養了藝術家的觀察與感知能力，這些日常的觀察透過文字的書寫紀錄，在之後回憶或是寫作時都提供了很好的素材。

致維過往的著作向讀者介紹了台灣與台南的歷史風情，這本新作的內容則相對輕鬆與廣泛，集結作者數年來記錄的生活日常，用大量精彩的圖片與生動的文字，首次向讀者介紹新竹的老家、台南的日常，聊小折、吃早餐、通勤這類的日常瑣事。其中更收錄了如九份、基隆、柴山、北九州等地的遊歷，讓讀者看到藝術家在面對不同的居住環境與較為不便的創作環境中，能激發出怎樣的實驗性與創作，最後又透過登山健行的興趣抒發人生體悟與豁達的人生觀，當然也不乏收錄許多早期的小品，讓讀者一窺藝術家風格的形成脈絡。整本書閱讀下來，就像和作者面對面聊天，聽他不疾不徐娓娓道著生活的日常與創作的想法，輕鬆舒適沉浸在一張張美麗的畫作中。

過去曾有個經驗，我的工作室位於屏東的眷村，有一回拜訪已搬家的前住戶，希望能保存一些他們過去在眷村裡生活的相片。熱心的伯伯帶我在電腦前逐一找尋著資料夾，卻遍尋不著，只能找到幾張生日、過年的團圓照。伯伯也笑道：「誰沒事會在家拍照？會拍照通常只有過年過節才會拍呀。」這其實也是人之常情，但不禁令我思考，這些掃地澆花的日常，看似平凡，我們一般不會加以重視，但往往要等到追憶時才理解這些日常片段其實都相當重要。就如同現今可供做考證的歷史相片，有許多也是當年的人無意間記錄下的影像。如果沒有紀錄，這些屬於城市及我們的生活痕跡，很快就會隨著名為忙碌的風吹散消逝在我們的記憶中。記錄日常看似平凡，其實至關重要，而今，相機與各類科技普及，記錄的媒介垂手可得，但人們是否更常記錄自己的生活？是否更懂得珍惜生活的痕跡？這個問題值得我們思考。

致維在後記中寫道：「不要小看每個平凡的日常，正是因為它們，塑造了生活的樣貌。」向各位推薦這本好書，邀請您隨著文字與圖畫走進作者的生命，更期許大家能夠一同記錄屬於您的日常。

流動日常

CONTENTS

新竹日常

Chapter 1

在新竹生活的日子離我遠去，
熟悉的家鄉慢慢變成了一個有距離感的城市。

我大概兩到三個月會回來一次，
大部分的時間待在家裡，
偶爾出去走走，看看新竹的變化，
也複習那些快被遺忘的成長記憶。

過年

從除夕開始，電視機充滿了各種應景的符號，像是「恭喜發財」等賀年語、有著鞭炮聲的背景配樂、主色彩也換成喜氣洋洋的大紅色，這些總總不斷地提醒著我，過年已經來了。

記得從前，我和弟弟以及表兄弟們會在家裡附近的巷子放鞭炮，我們常常拿霹靂炮去炸狗大便或是朝空曠的地方放沖天炮，也很期待換上新衣、拿著壓歲錢去買玩具。除夕那晚，媽媽會準備豐盛的大餐，接著便是一連串的家族聚會直到初四，我們家的過年才算告一段落。

隨著長大，對過年也不再像小時候那麼興奮了，不過家中過年的流程倒是沒有什麼改變。除夕前一晚的拜天公是啟動過年流程的主要儀式，爸媽會在家裡的神明廳用折疊桌搭成簡單的祭壇，擺放上水果、發糕、糖果、金紙等物品，邀請神明來過今年的最後一天。大概快到十二點，鞭炮的聲音開始此起彼落的從遠方爆出。我們輪流拿香拜拜、燒金紙，再由媽媽帶我和弟弟端著供品到巷子的土地公廟參拜。

小時候的我，覺得拜天公很有趣，因為可以待到很晚，不用像平常早早便被趕去睡覺。青少年的我，卻覺得拜天公就像每年必須重複的流水帳一樣沒有意義。但現在的我，又是不一樣的心情，這個儀式其實是一座橋樑，把我和父母，以及那些童年的成長回憶串連在一起。

拜天公時，爸媽在三樓神明廳用折疊桌架成簡單的祭壇，上面擺設鮮花、蠟燭、還有貢品，面對冷颼颼的陽台祭拜神明。

過年對我的意義在於，提醒自己那些習以為常的事物，或許終究會有消失的一天。

2020

十八尖山

距離新竹老家車程約十分鐘左右，有座名叫「十八尖山」的小山。它的高度不高，只有一百三十公尺，卻是市區內唯一的森林公園。小時候，堂姊常帶我和弟弟到那裡散步，對當時的我來說，它就像多拉A夢漫畫裡大雄家附近的後山一樣神祕，彷彿在樹林的深處、烏漆麻黑的防空洞裡藏有外星人的基地，隨時隨地有場冒險準備發生。

長大後，從前的幻想不再，漸漸覺得十八尖山只是一座非常人工的小山。散步路徑是可以通行汽車的柏油路面、花叢裡有播放鳥聲的喇叭、沿途都是老人健身器材等等，是個隨時都有人在散步的普通公園。

移居台南後，我卻開始懷念起它來，回想起來，最難忘的回憶發生在讀新竹高中的時候。我們學校有個傳統，每年要舉辦五公里越野賽跑，繞著十八尖山跑一圈。為了準備比賽，我常常和同學在放學後相約「跑山」。我熟悉每個轉彎後的風景，知道什麼時候是上坡該保持體力、什麼時候是下坡該用力衝刺，也還記得高二觀賽時，看到領先的高一學弟邊跑邊流鼻涕，又不敢停下來，在幾乎快無法呼吸的窘境下從我身旁奔馳而去。

因為跑山的緣故，我在鍛鍊中逐步建立起自信的自己，也對十八尖山有了難以言喻的連結。我想，對於故鄉的定義，只有留下歲月的痕跡才能體會它在我們心中所占的分量吧！

現在回新竹，我還是會偶爾到十八尖山慢跑，流汗之餘，回憶從前的生活、看看熟悉的風景、也看看這個陪伴自己成長的地方。

2021

從十八尖山的角落遠眺自由車場與新竹市區。

勞動節的散步

前些日子大學時代的同學相約聚會，因為隔天勞動節不用上班，我爽快地答應了。下班後搭車回新竹，和大家在科學園區附近的居酒屋喝酒閒聊到凌晨十二點。我們談論近況，回憶從前，發出哈哈的笑聲，那些被橘黃色的燈光所渲染的臉龐，並沒有被時間改變什麼。

隔天，我想既然都在新竹了，不如利用這個機會好好散步。早上十點半從老家出發，走到清大附近，離下午三點半的客運回台南還有五小時的時間可以運用。我是在台南生活的這段時間培養出散步的習慣。作家吳明益認為步行可以讓人舒展想像力，也是時間的延展。我想，正是因為放慢了速度，才能在看見風景的同時與自己對話吧！

新竹老家所在的社區位於微型的盆地裡，是個平凡的地方。這裡的房子大部分是有點年紀的水泥透天厝或小公寓，從前附近還有大片的菜園或竹林，不過現在已經成了住宅和停車場。其實，連我們家的樣子也在變化，高中時，一樓重新裝潢，房子正面的矮圍牆和紅色大門被拆除，連同客廳改建成鐵捲門車庫。

新竹老家附近有一條很老的巷弄，這裡的房子三十多年來幾乎沒有什麼改變。小時候曾和弟弟在這條小巷子裡騎腳踏車狂飆，結果一不小心撞到了路過的機車。

老家附近有一間土地公廟，是去便利商店的必經之路。小學時，這裡偶爾會播放露天電影，有次為了看周星馳的《百變星君》急急忙忙洗好澡，連頭髮都還沒乾就衝出了家門。

另一個關於這間廟的記憶，是每年除夕前一晚拜完天公後，在此起彼落的鞭炮聲中，和媽媽、弟弟端著貢品前去參拜，直到現在這個習慣仍然持續。如果只能畫一幅代表家鄉的作品，這間土地公廟會是我想留下來的風景。

每次回新竹，媽媽都會說：「你好像都專門挑雨天回來哩！」仔細想想，好像真是如此。北部有多雨的性格，不似台南總是晴天。然而，散步這天卻是難得的好天氣，天空藍藍的，陽光暖暖的，空氣裡有種無以名狀的氣味。

ELEVEN
C.W. 2020

走經清大材料系館的側門。散步那天天氣很好，難得遇到的光影讓原本平凡無奇的建築生動了起來。

散步的路線是從前上學的路徑。從鐵道旁的公園步道走到竹蓮寺，穿過交通混亂的南大路，又走了幾條巷子後，再從十八尖山登山口附近進入清大校園。我畢業的國中、高中和大學都在這條路線上，對我而言，這段散步等於一口氣就走過了十二年的距離。

時間已近中午，強烈的陽光把柏油路照得雪白，蒸氣在眼前裊裊升起，路上沒有什麼行人，車子也稀稀疏疏的，顯得有些寂寥。移居台南超過十年，雖然常回新竹，但鮮少有機會像今天這樣循著足跡慢慢回溯過去。

水源街這側的清大校園是教授宿舍區，從前就讀的材料系館也在附近。系館是一棟陳舊的長方形水泥建築，外牆裸露著粗壯的排氣管線與煙囪，黑色的窗戶整齊排列在白色的牆面上，形成明與暗的強烈對比。系館旁是棒球場與壘球場、兩棟實驗大樓，還有曾經養了一對狗兄弟的合金工廠。（以小狗的生命週期來看，牠們應該已經老死了。）清大六年的學習生活，就圍繞著這麼一塊小小的空間展開。

離開材料系館後，漫無目的的步行，經過田徑場、後山、梅園、人社院、學生宿舍區、社團辦公室大樓、成功湖、校門口大草坪等等。

在清大散步的時候，最喜歡的大概就是後山的小徑了，這條小徑圍繞著一座翠綠的人工湖，沿途都是茂密的樹林，是十八尖山的一部分。走在這裡，可以聽見天鵝拍打水面的嘩啦聲、樹葉窸窸窣窣的搖曳聲、不知名的鳥類在周遭發出的啼叫聲，或是鞋底和地面摩擦所發出的沙沙聲。人的聲音被自然的聲音取代。雖有這麼多聲音，卻讓人感到平靜。

和自己獨處，回憶的片段一閃而過，就像按著遙控器不斷地選台跳躍。我看到了幾個畫面，像是高三那年

清大成功湖畔。

大一時住過的宿舍實齋是清大校園裡數一數二老舊的宿舍。印象最深刻的事情，是有一次大停電，大家亂哄哄地走出房門，在走廊上閒聊的夜晚。

宿舍實齋外的大樹，這幅作品是參考大一時拍的照片畫的。每天上下學都會經過這棵樹，十多年後回到校園，發現它還在，而且還很健康地生長著。

考上清大，在開學前的暑假，騎腳踏車在學校裡繞了一圈，心中洋溢著考上清大的興奮感。或是失戀時，躲在宿舍外的草叢裡痛哭的自己。又或是某天晚上停電，整個宿舍的人都離開電腦，走出房間，擠在走廊上亂哄哄的場景。還有好多好多的畫面，它們像浪花，一陣又一陣拍打著我。

那天，我走了兩萬六千步。腳酸酸的，過了不一樣的勞動節。

2021

C.W.Li
2020

南寮漁港

因為受邀在速寫日示範創作的緣故，我來到了久違的南寮，最近一直忙於工作，這是幾個月來第一次在外面寫生。現在的南寮和從前沒有太大差別，風一樣很大，遊客三三兩兩散布在寬闊的草坪上，五顏六色的風箏乘著氣流飛翔。岸邊有藍白相間的希臘式建築，碼頭區有漁船、漁市場、還有假日攤販等等。

我不是個一開始就敢在戶外畫畫的人，剛學畫的時候想到寫生就會整個人緊張起來，與其說不敢，不如說是害怕丟臉，很怕在路人圍觀的時候失手畫錯。為了克服這樣的恐懼，寫生前往往要先在家中反覆練習，直到覺得差不多了，才敢出門。南寮漁港，便是我第一次寫生的地方。

時光冉冉，從前那個怕出醜的熱血大學生已經變成了示範創作的畫家。我還是一樣喜歡畫港口裡的漁船，在我的眼中，它們和台南巷弄裡的老屋一樣，充滿了生活的痕跡。另外，當這些漁船彼此肩並肩整齊地停靠在一起時，細節彼此堆疊，看起來雖然複雜，但是「美」，也在這樣的複雜中自然而然地產生了。

活動在下午五點結束，開車返回台南的途中，我又想起了從前在南寮寫生的往事。十多年過去，我仍然在繪畫這條路上，不斷地前進著。

2020

護城河公園

週末回新竹正好遇到了台灣設計展的檔期，於是和太太與兩位朋友相約看展。我們沿著護城河公園散步，一直走到市政府附近的草坪。沿途除了裝置藝術品，還有販售小商品的手作市集，流動的台虎啤酒車也有滿滿的人潮，有點類似台南海安路每年在耶誕節或是特定節日時舉辦的封街市集，這是我第一次在新竹看到這樣的風景。

從火車站前廣場出發，順著河道往前走，兩側是鋪設石磚的車道，陳列著各式各樣的店鋪，平常就有不

少逛街的行人在公園裡來來往往。這裡的河水很淺，可以透過清澈的水面看到河床上的鵝卵石，晴朗的天氣光線充足，在樹蔭的襯托下，整個河面呈現翠綠的色彩，不時還會看到小朋友在岸邊玩水、或是白鷺鷥在河中悠閒地覓食。一點也聯想不到我們其實處在熱鬧繁忙的市中心。

讀高中時，補習班就在附近，在等待上課前的空擋，我常常在公園蹓躂消磨時間。後來，每當來到市區卻還沒想到該去哪裡時，總會下意識地走進公園，成為某種習慣的模式。可惜，那時的我從未真正地去欣賞風景，反而因為在退伍的第一天，就在這裡被開了一張六百塊紅燈右轉的罰單，而留下比較深刻的印象。

離開新竹多年，護城河公園周遭的風景在一點一滴緩慢變動著。誠品書店遷走了、站前的太平洋百貨歇業了、鄰近的停車場被改建成複合式商場大樓、公園裡出現 U-bike 腳踏車站。

雖然有些以前常去的地方默默地消失在回憶裡，不過這次參觀台灣設計展，我倒是意外發現印象中荒廢已久的老建築「新竹州圖書館」完成了古蹟修復，開放成展覽的空間，而市中心為數不少的老建築也陸續得到改造，像是日治時代新竹的百貨公司新州屋，被整理為生活博物館等等。

從起初每個月回來一次，再到後來兩三個月一次，時間拉長，熟悉的家鄉漸漸成為了有距離感的地方。或許也因此，才能更深刻感受到它的改變吧！

2020

台南日常

Chapter 2

來到台南不知不覺過了十年，
這裡已經成了我的第二故鄉，
有熟悉的一切。

我喜歡在巷弄散步，也常常到市場買菜，
或是騎著腳踏車到城市邊陲放風，
這些日常風景都成了我創作的泉源。

季節色彩

大葉欖仁——夏、冬

走在台南的巷弄裡，常常有不經意的風景從轉角冒出，好像在隨時等待與我們相遇似的。

記得二〇一五年的時候，我偶然走進了一條位於蕃薯崎社區的隱密巷弄，路的終點是荒廢的大宅，還有一顆古老的大葉欖仁，茂密的枝葉遮蔽了整片天空。站在樹下，聽著被風拂得沙沙作響的樹葉聲，明明幾步之外就是繁忙的大街，但這麼一個簡單的風景，卻足以讓人的心平靜下來。這裡也成了我的私房景點。

原以為老樹會在巷弄裡健康的生長，但幾個月後，卻在蘇迪勒颱風強烈的風雨中倒塌，結束了生命。我記憶裡的風景不復存在。

再次想起那棵老樹，是兩年後的冬天在成大校園散步的時候。我在工科系館中庭看見了另一顆同樣茂盛的大葉欖仁，但葉子已轉變為沉穩的暗紅色了，那個當下，有種很熟悉的錯覺。我想，季節色彩對我而言，不僅僅只是夏去冬來的轉變，它同時也是心情與回憶的色彩。

2019

苦楝——春

三月中旬，我在台南州知事官邸前遇見了一顆盛開的苦楝，優雅的淡紫色爆米花似的綻放在樹梢上，吸引路人的目光與讚嘆。阿美族人以苦楝花開作為春天的標誌。的確，它的色彩著實讓我想到了春天的氣息。

不過，美麗的苦楝在漢人與日本人眼中有著截然不同的遭遇。由於苦楝和台語的可憐諧音，不祥的名字讓它難以走入漢人的庭院，只能藏身在荒郊野外之中。但對日本人來說，卻沒有這樣的文化包袱，所以現在台南市區能看到的苦楝樹，反而都集中在從前日本人生活的場域裡。

我喜歡苦楝開花的樣子，層層疊疊的花蕊所構成的造型美，是我想去畫它的原因。

2020

台灣欒樹——秋

成大圖書館前廣場的周圍種植了許多樹木，其中有不少台灣欒樹。它的樹型狀似苦楝，又稱為苦楝舅，花季大概在九月到十月之間，開花後的果期在十月到十二月，樹的色彩也會由原本的黃色轉變為粉粉的橘紅色。

剛來台南時，假日常到成大圖書館看書找資料，剛好這時是果期，總會在走路的時候看見成片的台灣欒樹被染成橘紅色，點綴在安靜的校園裡，我一直對這個畫面印象深刻。

前陣子在整理可以作為水彩課素材的照片時，偶然看到了當時拍的照片，覺得很懷念，彷彿又回到了十年前，那個對台南還不熟悉，開始認識它的時候。

2021

鳳凰木——初夏

鳳凰木原產於非洲馬達加斯加，一九一七年，由日本人引進台南。最早種在幸町通與大正町通（現今中山路與南門路一帶），隨著時間流轉，逐漸開枝散葉到台南的各個角落。

每年小滿後的五、六月是鳳凰木盛開的季節，從市區到安平的運河邊種植了成排的鳳凰木，延綿的紅色花海和金黃色的阿勃勒並列為我對台南夏天的記憶。

以鳳凰木為起點，我創作了一系列不同色彩的老樹。為了找尋主題，我開始認真留意生活周遭，漸漸覺得台南一點也不輸給京都，同樣有豐富而多變的色彩。

2018

阿勃勒——初夏

五月除了鳳凰木外，也是阿勃勒的花季。阿勃勒是一種生長於熱帶地區的植物，初夏時長滿金黃色的花朵，花瓣隨風飄落就像下雨一樣，因此又被稱為黃金雨。

我畫過幾次阿勃勒，但最珍惜的作品是二〇一六年時所畫的一幅單色速寫。還記得，那天下午我正要去成大參加「樹下人情味」音樂會，活動開始前，我在附近東豐路步道上速寫了一棵盛開的阿勃勒。當時，我正面臨是否要為了新工作離開台南、放棄畫畫而煩惱不已，但作畫的當下那些懷疑和困惑卻逐漸被拋到腦後，在作品完成的那一刻，我也做出了抉擇。

我很慶幸能來到充滿細節的台南，在創作的過程中，慢慢堅定了從前學畫的初衷，才能在夢想這條路上繼續走下去。

2021

台南菜市場

假日早晨，我和太太偶爾會去菜市場逛逛。台南有好幾個菜市場，如東菜市、鴨母寮市場、水仙宮市場等等。

比較深刻的菜市場經驗是和太太合作寫《菜市台南》的那陣子。我算是一個不知道該怎麼打破尷尬的人，每次採訪都嚇得跳開，躲在遠遠的地方取景。

我覺得採訪最困難、或是說和陌生人交流最困難的地方是如何開始。在開始之前，雙方間似乎隔著一道藩籬。可是當心理障礙被克服後，才發現和人交流其實一點也不困難，可以和店家很自然地像朋友一樣閒談下去。每每採訪結束，店家老闆也會送我們一些小東西，這讓我感受到濃厚的人情味。

可能是有在創作的緣故，我眼中的市場和大家不一樣。對於市場的熟食、食材倒沒有特別的心得，反而對市場本身所展現的那些細節著迷。比方說，我會觀察每個小攤位的特色、挑選產品的客人、懸掛的招牌、或是市場建築本身的紋理。它們都是很好的素材，市場對我來說，更像是一個巨大的畫室。

小温是我們曾在水仙宮市場採訪過的攤販。有設計感的店面是傳統市場裡相當獨特的存在。男生是台南人，在北部工作幾年後決定回家繼承田地，轉行務農；女生則是他的女友，原本是設計師，也一起南下創業。在他們身上，我看到了認真過生活的態度。

記得某次逛市場時，巧遇了一個難忘的瞬間。一位很有氣質的阿嬤拉著菜籃，正聚精會神地在魚攤前挑魚，和老闆討價還價。她的專注，帶了點自然而然的從容與優雅。這樣的風景，大概很難出現在連鎖的超市裡。我想，傳統市場裡人與人之間的互動，還是比站在整潔明亮的冷凍貨架前有趣得多。

現在來到市場，我仍喜歡隱沒在人群裡，靜靜地觀察攤販百態，還有那些形形色色的人們。

2021

東菜市

河堤風景

幾年前轉職到高雄路竹，發了雄心壯志想以腳踏車加火車的方式通勤，於是興致勃勃地買了一台橘色小折。然而，撐不了幾次，就因為太累又太花時間而改回開車上班，就算後來回台南工作，也不再騎腳踏車。當初立下的計畫就此失敗。

我發現自己常常這樣，很容易在衝動下買了不一定常用的東西。話說回來，這台小折也並非完全沒有用處，我還是會在週末的時候，騎著它出去兜風，有時候沿著海岸線騎到高雄興達港、或以奇美博物館為起點繞著高雄與台南交界的二仁溪閒逛。不過，我最喜愛的路線，是沿鹽水溪和嘉南大圳排水線一路騎到南科，途中會經過一大片綠油油的農田，以及散布在田野間的鄉下聚落。

二〇二一年七月疫情趨緩，但尚未解封的某個週六，我騎著小折又走了一遍這條路線，這次沒有騎到南科，大概在新市附近就折返了。騎在樹蔭環繞的車道上，有波光粼粼的排水線作伴，我安穩而規律地踏著踏板，途中經過連成一片漆得雪白整潔的工廠，在早晨九點的週末時光，它們像是睡著了一樣安靜，路上也沒有來車，只有一個汗流浹背的慢跑者，氣喘呼呼地和我交會而過。

鹽水溪舊稱新港溪，發源於台南龍崎，流經市區與安平後注入台灣海峽。我常常在鹽水溪的河堤步道慢跑，或是順著山海圳車道騎腳踏車直到海邊。很喜歡溪邊的寧靜，偶爾有小船在河面上悠閒地行駛，這些總總，讓我得以暫時離開繁忙的城市。

遠眺北邊寮聚落。

小折的坐墊很硬挺，坐得我屁股酸麻，不時得邊騎邊站立起來。我奮力的踩著踏板，心跳加速，汗水直流。灼熱的陽光混著風吹拂著，有溫溫的觸感。我喜歡這樣疲憊的感覺，一方面洗滌了平日緊繃的心靈，也讓我感受到自己真真切切地活著。

騎到歷史博物館後，沿途的風景由安靜的工廠開始替換為成片的農田。它們點綴著豐富的顏色，黃色的枯草、翠綠色的秧苗、等待耕種的紅土、蓋上灰色塑膠布的菜園，或是在遠方連成一線色彩繽紛的聚落，一層層混合在我的視野裡。我放慢速度，有的時候停下來小走一段路，觀看、拍照，在心裡描繪每一處細節。

座落在農田旁的，是一個叫北邊寮的聚落。紅磚古厝和不起眼的水泥樓房交錯而列，幾位阿嬤坐在家門口吹著電扇閒聊，街上往來的人車也不多，灰色的柏油路被太陽蒸發出陣陣水氣。很難把這麼一幅純樸的畫面和繁忙的都市與高科技工業園區聯想在一起。真心覺得台南是一個風景小巧多樣的地方，城市、大海、農田、鄉下，僅在騎機車半小時內的距離而已，或許這是我放棄了腳踏車上班計畫後，仍然捨不得冷落這台小折的主要原因吧！

北邊寮聚落的巷弄。

回程我走了另一條與來程平行的排水線車道，到家時已近中午。現在的我，習慣在週末騎車到處走走，看看自己生活的地方，也是生活的一部分。

2021

巷弄日常

巷弄的日常其實沒有什麼火花發生。

我偶爾會到巷弄裡吃早餐，點一顆菜粽加上一碗日式味噌湯，就可以品嚐台南的傳統口味。此外，我也常常在巷弄閒逛，拍拍照片，畫畫速寫，如果發現了有趣的風景，那天的心情會特別好，好像找到了一份珍貴的寶藏似的。

剛來台南時，我對巷弄並沒有特別的興趣，只覺得它是一個不起眼的城市角落，如同大河的支流，從來沒有想主動走進去的念頭。直到因為在二〇一四年接了插畫案的關係，必須畫三十幅巷弄的風景，才開始密集到訪，漸漸喜歡上在巷弄裡創作的時光。

讓我感受頗深的是巷弄的狹窄與靜謐。大街上，停在路旁的汽車是無法忽視的存在，再加上隨處可見的廣告招牌，城市建築的風景被切割得破碎。抱怨歸抱怨，對於習慣享受現代便利生活的我們，也很難真的改變些什麼。不過走進巷弄後，這些雜音慢慢淡出視野，可以不受干擾，專注地散步，這成了另一個我喜歡走進巷弄的理由。

銀同社區

銀同社區是台南市區最早開發的地方，因為社區裡的銀同祖廟而得名。這裡的房子相當有時代感，居民也以年長者居多，是個鬧中取靜的小天地。（銀同祖廟是清代來自福建同安縣的兵丁所建的廟宇，銀同即為同安的別稱。）

某天上午逛完東菜市後，我和太太不經意走入了銀同社區。巷弄裡，電線尚未地下化，在頭頂上垂吊著，像蜘蛛網般密集，一位提著蔬菜的阿婆悠閒地走在前方。我還喜歡在散步的同時觀察周遭的老房子，它們各有獨特的細節，有時是以簡單幾何形狀排列而成的鐵花窗、有時是牆壁磁磚的顏色、或是和老屋共生的綠色植物。

散步途中，我們路過了一棟被綠色植物覆蓋的古厝，溫暖的陽光灑落在陳舊的門板上，切割出漂亮的陰影，和阿婆的背影互相乎應，整個畫面沉浸在冷暖交織的色調裡，好像詩畫一般。

我們繼續往社區深處走，不趕時間地散步，看到有趣的老房子或轉角的風景就停下來欣賞。不知不覺間，我已經拍了好多張照片，後來它們都成為我創作記錄銀同社區的主要素材。

2021

海山館在清代是清兵駐守安平的會館，今日為市定古蹟。海山館後的小巷弄被稱為胭脂巷。在古代，人們會採集紫茉莉花作為胭脂的原料，因此盛開著紫茉莉花的這條巷弄，便有了胭脂巷的別稱。

安平的巷弄

安平的巷弄是我第一次走入戶外寫生的場所。那時是二〇一四年，島內旅遊的風氣已經非常興盛，全島各地來到台南的遊客都聚集到了安平，將老街擠得像沙丁魚罐頭般擁擠，攤販的叫賣聲、小孩的哭鬧、交頭接耳的細語聲、喇叭播放的懷舊音樂，像首不協調的協奏曲，圍繞在周遭的環境裡。

有意思的是，雖然老街人滿為患，但與之相連的各條小巷子倒是出奇安靜，幾乎沒有人會走進去，以至於雖然巷子的空間狹窄，卻一點也沒有擁擠的感覺。對我而言，這裡的巷弄才是安平真正的風景。

十七世紀的安平曾是一座孤島，隔著台江內海和本島相望。那時荷蘭人在此建立新市鎮，最初的幾條商業街便是今日的延平街、效忠街和中興街，鋪著石板路面，寬兩到三公尺。

延平街在九〇年代被拓寬改建為安平老街，依然熱鬧。僅餘兩條街道還維持著從前的格局，成為了靜僻的巷弄。

那時，我畫了上百張安平的速寫，並陸陸續將部分作品重繪成水彩。其中，位於「海山館」後方的小巷弄是我很喜歡的私藏景點。轉個彎走入，映入眼簾的，是由紅磚老厝與紫色茉莉花所構成的小巧景緻。儘管已經很熟悉巷弄裡的各個角落，但每當放慢腳步觀察，讓注意力集中到行走的當下，總會有新的感受。

蔣勳說：「生活因為慢，而有了美感。」在散步裡感受慢下來的美好，便是我的巷弄日常。

2021

2 1

1 安平巷弄裡的紅磚牆與香蕉樹。這幅速寫是某次帶隊導覽時，現場示範的寫生作品。

2 安平巷弄的靜謐風景。在光線充足的時候，陰影呈現冷冷的調子，和紅色的大門、春聯互相呼應。

海邊聚落

你知道台南在三百年前，有一半的市區其實是海嗎？

從前的人們稱之為台江內海，是一片廣大的潟湖，雖然經過數百年的淤積，大海成為桑田，但我們還是能從一些蛛絲馬跡裡，發現它殘留的痕跡。比方說，市區的邊陲有個叫四鯤鯓的海邊老聚落，便是這麼一個串聯過去與現在的地方。

在古代孤懸於海上的沙洲被稱為鯤鯓，意思是從海上遠觀，輪廓有如鯨魚的背部。

我造訪過四鯤鯓幾次，有時散步、有時畫畫。這裡沒有繁忙的都市景觀，是個非常僻靜的村落，到處都是紅磚古厝和灰色的洗石子透天厝。我喜歡這裡的巷弄，蜿蜒曲折的程度和迷宮不相上下，房子肩並肩緊靠在一起，狹窄的縫隙成為通行的巷道。偶爾抬頭，總會看見作為聚落中心的龍山寺，它像一座小山，占據著部分視線空間。

這裡一點也不像刻板印象裡的台南。沒有日治時代的建築、沒有咖啡館和餐廳、也沒有文青商店，只有趴在地上昏昏欲睡的老狗，還有坐在屋外納涼談天的老人家。

2021

位於四鯤鯓的廢棄老屋，網友和我分享了她在小時候對於這間房子的回憶。

四鯤鯓的寧靜和市區裡的巷弄在本質上並不相同。市區裡的巷弄比較像一塊鬧中取靜的綠洲，而四鯤鯓的巷弄則帶給我離群索居的感覺。走在這裡，時間平靜了下來，它像蝸牛一樣緩慢爬行，甚至讓人忘了它的存在。

我曾畫過一棟廢棄的老房子，一位小時候住在四鯤鯓的網友在臉書看到後，和我分享了她的回憶：

> 看到緊閉的紅色大門，表示老奶奶已經不在了，這間房子以前曾是小雜貨店。就像哈利波特的魔杖店那樣，陳年的深褐色小櫃堆砌出老奶奶的工作空間，老舊下陷的屋頂則是用一根柱子勉強頂住。有印象開始，奶奶就已經很老了，小小的身軀蜷坐在櫃子前，無論金額大小，總是慢慢移動那站不直的九十度身體，堅定地將商品交到客人手裡。有時是小糖果、有時是郵票、有時則是冰在報廢冰箱裡的作業簿。
>
> 最後一次見到奶奶，她九十幾歲，卻還能娓娓道來從前讀女中的往事。後來再經過雜貨店，才發現一整年都開著門等待客人的她已經不在了。現在每當閉上眼睛，還是能想起小時候那間雜貨店的味道，和奶奶的人情味。

穿過老社區往派出所的方向走，沒多遠就可以看到大海了。沙灘像絲帶展開一般，在視線所及的海岸上。整理完善的腳踏車道和海岸線平行，從這裡可以一路經過喜樹、灣裡，直到高雄興達港。我記得以前曾經騎車走過一次，不過可能騎的是小折吧，感覺過了很久才抵達目的地，這趟路程也讓我的屁股痛得要命。

最近我又到訪了四鯤鯓，大概是週末一早八點，陽光正充足的時候。整個上午就在這裡度過，散散步、拍照、坐著發呆、我感受太陽的熱氣還有古厝的味道。

散步的終點，我站在通往海灘的天橋上望著大海，讓自己的視線飛得好遠。

2021

夜的台南

三二一巷

台劇《孤味》在 Netflix 上架了，興致勃勃地點開來看。我很少關注電影，每次都得等到媒體報導鋪天蓋地而來，出現在手機瀏覽器的推薦新聞上，才會引起我的注意。到了這樣的地步，這部片大概真的很熱門吧。描寫台南母親和女兒親情的《孤味》，便是這樣進入了我的視野裡。

孤味源自台語，指的是一家餐廳只賣一道料理，並將它做到極致。台南這樣的小店不少，例如阿江鱔魚意麵，整間店只賣鱔魚意麵和鱔魚米粉，雖然極度簡單，卻成了在地的經典美食。電影借用它來隱喻人生哲學：一輩子做好一件事，即使孤獨也在所不惜。也因如此，劇中角色似乎都帶著某種缺憾，在各自堅持的人生道路上，獨自一人奮鬥著。

電影裡的台南風景是吸引我的另一個重點，我對女主角年輕時擺攤的那幕特別有印象。如果沒記錯，是火車站附近的老社區，三二一巷。

三二一巷是我很喜歡的散步地點，日治時代這裡曾是軍官宿舍，戰後則成為教師宿舍，後來逐漸荒廢，直到近年被改造為藝術聚落。這裡的環境很特殊，雖然位於市中心，卻被樹林與空地圍繞，如同小小的孤島。我曾參加過夜間劇場與市集，總覺得這是一條屬於夜晚的巷子。

幾年前夏天，大約八點左右下班，回家路上突然很想散步，第一個想到的便是三二一巷。我在寧靜與夜色包圍的巷弄裡漫無目的地閒晃，途中經過一棵老樹，墨綠色的樹葉漫出暗紅色的圍牆，街燈散發出強烈白光，打在柏油路上，紫色的天空則拼貼著黑色的雲朵。看著眼前風景，有了想把它畫下來的念頭。

夜景一直是我極少接觸的題材，尤其是發展出自己的創作風格之後。學畫到現在已經超過十年，每個階段總會遇到瓶頸，或一成不變，或者努力探索，想辦法進步。每當心中開始構思某個畫面的時候，總有很強烈的慾望想要不顧一切地完成它，這應該是我能在繪畫這條路上堅持這麼久的原因。

我這輩子大概離不開畫畫了。回顧這幾年創作的過程，就像一個人走在安靜的夜巷裡，細細品嚐沿途風景，發現只有自己才知道的畫面。這便是屬於我的孤味。

2021

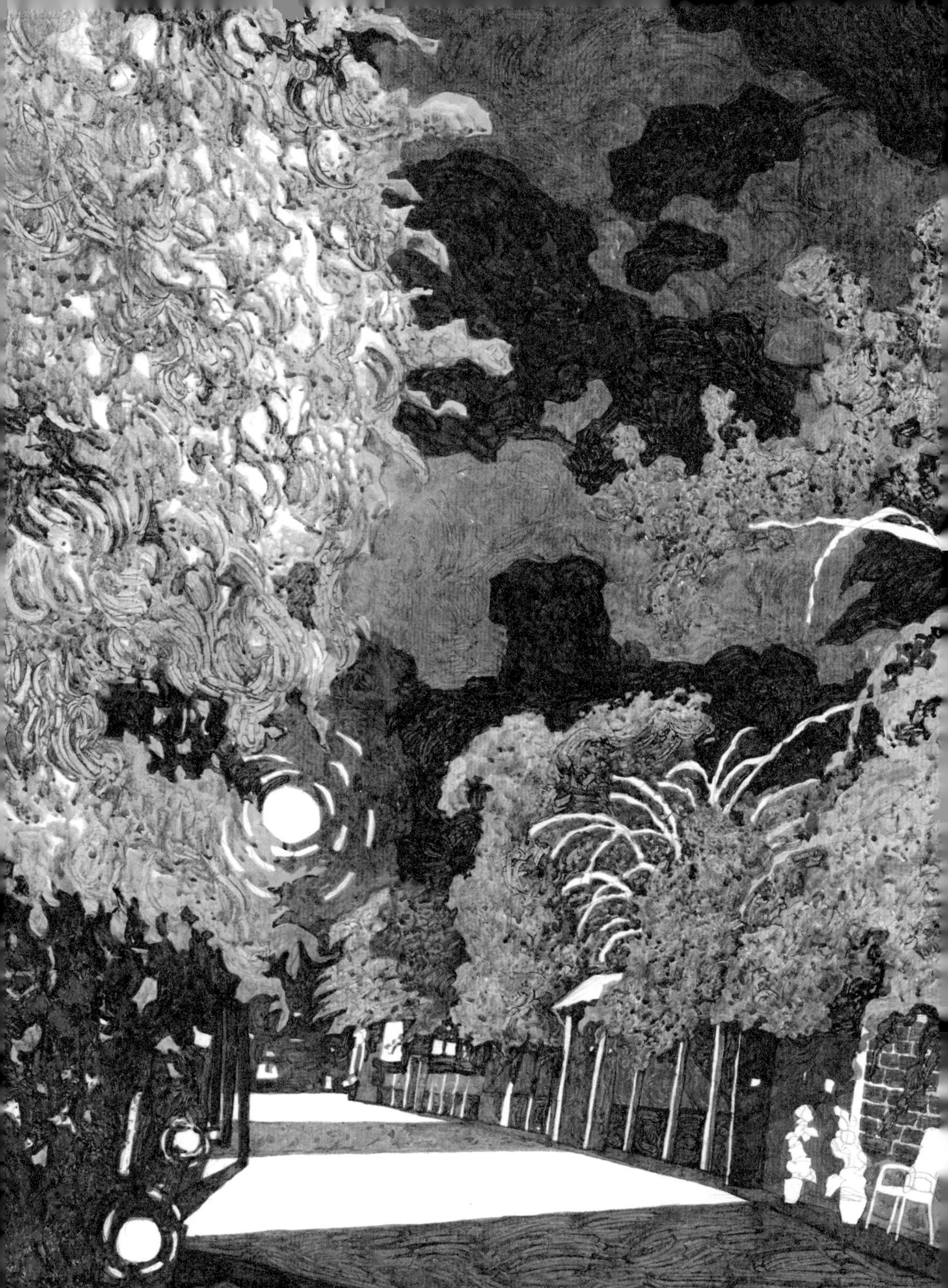

鯨香燒

茄苳樹下的老房子

海安路旁有一顆粗壯茂盛的茄苳樹，樹下的老房子是一間名為「鯨吞燒」的日式燒串酒場。每每白天騎車經過總是大門深鎖，一副靜謐的模樣，但是到了夜晚，窗戶發出亮光、客人開始排隊，又是另一副風景。

這棟老房子在二〇〇八年由返鄉青年改造為日式餐廳。當時台南正興起老屋新生的風潮，許多原本破舊、乏人問津的老房子開始被重新整理成咖啡館、民宿或是餐廳，這些變化，慢慢重塑了台南巷弄的面貌。

前些日子大學同學來訪，我約了「鯨吞燒」作為聚會地點。談笑間，幾年時光飛逝而去。從前的我們不知道現在會是什麼模樣，就像現在的我們也無法準確地預測未來。很難想像十年、二十年、三十年後的自己。或許到頭來，現在的努力都沒有意義，只是一場空吧！

回家前，坐在機車上欣賞這棟茄苳樹下的老房子。暖暖的色彩從窗戶溢了出來，煙霧般的光線帶著韻律感在黑壓壓的樹叢上緩慢流動。那一刻，我覺得自己很幸運，能夠找到這麼適合創作的題材。畫這幅畫的時候，漸漸地，那些虛無飄渺的煩惱在一筆一筆的專注下，消失得無影無蹤。

2018

林百貨

第一次畫林百貨是它二〇一四年開幕不久的時候，那時我常常帶著速寫本，靠在人潮縫隙的角落，一層樓、一層樓地畫。四樓有一間書店，我曾在那邊翻過澤田重隆所繪的《東京下町職人生活》，因為被他細膩的插畫感動，後來陸陸續續買了不少他的著作，也默默決定要畫一本屬於台南的書。

那陣子，我還曾經從大街上畫了幾次林百貨。某次寫生時，遇到了一位從美國回台南探親的老太太。當時談話的內容我已經沒有什麼印象了，不過還依稀記得她說以前也學過畫畫，可是沒有持續下去，但看到了我的創作，那股被澆熄的熱情又重新被活絡了起來。

開幕熱潮結束後，我便很少再走進林百貨，或是去創作和它有關的作品。

四年後，因為《台南巷框》的出版，我接到了不少畫展邀約，其中一場是在府中街的態度畫廊展出一個月。撤展那晚，我將作品都搬到車上後，到附近吃晚餐，順便在市區散步。

1 4 5
2
3

1 一樓大廳。

2 二樓奉茶店鋪。

3 頂樓陽台的夜景。

4 由樓梯間看四樓的書店。

5 四樓的林咖啡。

下班後，經歷在台 17 線魚塭被狗追之後，終於能再來到林百貨寫生，這次的主角在四樓。隨意翻了翻畫冊，《早安台灣》這本書讓我很感動，便起了買回家收藏的念頭。買畢，到旁邊的林咖啡點了杯熱的洛神花茶，然後坐著速寫眼前景色，很讓人放鬆。(2014.07.21)

這段夜間散步路線需要穿越林百貨所在那塊街區的巷弄。晚上九點多的隱巷，沿途沒有遇到半個路人，馬路的嘈雜聲也退得好遠。濃厚的紅黃色光線緩緩地照著地磚，由於才剛下過雨，地上濕漉漉的，顏色就像滴到水裡的顏料，一下子便渲染了開來。巷子的風景讓我看得目不轉睛，不斷停下來拍照，也忘記走了多久才離開。

晚飯後循原路返回，當我穿過馬路走到林百貨的對面時，恰好紅燈轉成綠燈，幾台機車從眼前呼嘯而過，車燈發出刺眼的白光，反射在積水的路面上，和林百貨、周遭的街道，形成一幅充滿光線與動感的畫面，這是另一個那天讓我記憶深刻的風景。

最近一次畫林百貨，是在畫室裡。我選了半開大小的畫紙，花上兩個禮拜創作。畫畫時，不斷回味當時的散步，心中想著：「應該要安排時間到巷弄裡再走一次呀！」

2021

蝸牛巷

說到葉石濤，大家第一個想到的是台南著名的小說家。在今日的市中心，便有一塊社區，是他在年輕時代曾經生活過的地方。

那年是一九五一年，家道中落的葉家人自從祖厝在太平洋戰爭末期被強制徵收後，一直在府城東搬西遷，直到賣掉僅剩的田產後，才湊足了錢，在如蜘蛛網般交錯的巷子裡找到一棟小瓦屋，作為全家人的棲身之所。那個時候，葉石濤常穿著木屐四處蹓躂，他將這裡稱為蝸牛巷，作為大戶人家落魄到狹小蝸居的嘲諷。

蝸牛巷也是葉石濤經歷生命轉折的地方。剛搬進新家不久，他便遭受了白色恐怖的迫害，從此離開台南，走入一段長達十多年的苦悶歲月。

七十年後，當年的小巷子仍然存在，但今日來到蝸牛巷的人們，關注的只是在巷子角落數著蝸牛，和裝置藝術拍照而已，並沒有人注意到巷弄背後的故事。每當帶巷弄導覽的時候，我總會認真地介紹這段歷史，想把大家的觀念導正回來。

自從二〇一八年為了寫書，密集造訪蝸牛巷後，我便常常來這裡散步，有的時候是白天，有的時候是晚上。夜裡的巷弄迷人的原因很多，最吸引我的地方，是當夜幕降臨時，那些黃澄澄的人造光線，一下子便營造出一個截然不同的世界。

身為新竹人的我，和台南並沒有什麼成長記憶的連結，只是被動地走進風景裡，漸漸被台南所折服，開始喜歡上這裡的一切。

三年過去，巷子裡的蝸牛仍舊數不完，它們的表面開始破損，烙上時間的痕跡，成為了巷弄的一分子。我的想法也有了轉變，蝸牛巷在每個時代都有屬於它自己的面貌，何必強求每個人都要站在和自己同樣的視角去看待事物呢？

當時採訪的島旬友善料理搬走了，原本的老房子變成夜間酒吧。飛石樓咖啡屋也因為疫情而永久歇業。這時我真正的感受到了老店的可貴，能在不斷劇烈變動的城市新陳代謝裡持續存在下去。舊的風景消失，新的風景出現，就在一點一滴緩慢變動的蝸牛巷裡。

2021

保西宮
C.W.Lin
2018.9.22

神農街

十多年前我曾在台南短暫生活了一個多月，在朋友的帶領下到訪過神農街。當時的記憶已經十分模糊，印象中覺得這裡是個安靜又有時代感的地方。再次來到台南，是幾年後南下工作與定居，街屋的外貌沒有多大改變，但開了幾間文創商店、酒吧、早午餐，散步的遊客也多了起來。

那時我常去一間叫「文青好好笑」的酒吧，點一杯飲料坐在靠窗的位置，欣賞窗外風景或店裡別具特色的裝潢，畫畫速寫，就這樣消磨整個晚上。

儘管人變多了，我還是很喜歡在神農街散步，尤其是在晚上的時候。街燈打在古老的街道上，醞釀幽微的氛圍，不禁想像從前的人們，究竟是如何在街屋裡過生活的，這些老房子又經歷了哪些轉折，才得以完好無缺地保存到現在。

忘了從什麼時候開始，神農街的變化越來越大，更多的民宅被商店取代，原本空白的牆面進駐不少迷你的流動攤販，人潮也擠滿整條老街，這裡漸漸成為一個走馬看花的打卡景點。因此，我也就很少來這邊散步了。

因為疫情的關係，現在的神農街又回到了從前，安安靜靜的，帶了點時代感，就像剛來台南時認識它的模樣。

2020

七娘媽廟

做十六歲是台南的古老風俗。古時候的府城父母會在農曆七月七日將孩子帶往「七娘媽廟」舉行成年禮，感謝神明庇佑平安長大，人們管這天叫七娘媽生。

今日，七娘媽廟仍在每年七夕舉辦做十六歲的典禮。因為寫書的緣故，我曾經到現場觀摩儀式。小小的廟口擠滿了人潮，身穿狀元服的青少年跪在貢桌下匍匐爬行繞圈，鑽過幾輪後，以勝利的姿態起身，雖然還一臉懵懂，但又似乎感覺自己不一樣了。站在一旁的大人遞來證書，大家拍照留念，象徵儀式完成，周圍的親友也報以熱烈掌聲。

時間過了一年，我在七夕前一晚偶然路過七娘媽廟。此時的小廟安安靜靜的，棚子已經搭好，神桌前堆滿了祭品，幾位老人正坐著聊天，天空是淡淡的紫色，燈籠發出紅色的光暈，打在這條古老的巷弄裡，可以感受到一股期待的心情正在醞釀。我喜歡當下的氛圍，將這個畫面拍了下來，做為創作「夜裡的七娘媽廟」的素材。

不過，我對這個畫面特別有感觸的原因，反而是受到一個意外事件的影響。

畫到一半時，接到學長來訊，一位以前研究所的同學過世了。他不久前才剛拿到博士學位，進入職場，卻在準備迎向新的人生階段時，在睡夢中因為劇烈頭痛而不幸離開了我們。

我一直在想這件事，覺得很抱歉，竟然曾經為了微不足道的原因，暴躁地對他生氣。告別式前一天早上，我從台南開車到苗栗的靈堂參拜。那天起了一場大霧，整個高速公路都籠罩在白色的世界裡。這是我第一次感到死亡離自己並不遙遠。

弔唁結束，在車上補個眠，才開車返回台南。那天晚上，我完成了「夜裡的七娘媽廟」。看著這幅畫，總覺得它帶給我兩個意義，一個是對人生進入下一個階段的期待，另一個則是同學的驟逝所觸動的思考。

我想，面對自己終有一天也會離開這個世界的事實，檢視自己是不是努力讓每天都過得有意義，想完成的事情都沒有拖延，才不會在死亡突然到來的時候感到遺憾。

2018

流動日常

Chapter 3

我偶爾會寫日記，
或是用畫畫記錄生活的細節。

總覺得它們就像足跡，
在不斷前進的日子裡，留下心情與感觸，
也留下某個時刻的自己。

老屋裡的水彩課

開始在台南教水彩，可以追朔到二〇一二年在成大美術社當指導老師的時候。後來，我還曾在不同的地方開過水彩課，其中最懷念的應該是有四年的時間，每月一次在「有時甘杯」老屋上課的時光了。

有時甘杯所在的老屋是一棟建於七〇年代的透天厝，在老闆小蒨的改造下，轉型為販售茶飲與展演活動的場地。房子裡，地板被打磨得很光亮，二樓鋪有榻榻米，老傢俱擺放在各個角落，乾燥花和帶著粗糙紋理的陶藝茶器整齊地陳列在置物架上，木窗外還裝飾著白色的鐵花窗，是個走進來就讓人感到非常舒服的空間。我尤其喜歡閣樓，天氣好的時候，明亮的光線可以充滿整個室內，紗門外還有種了各種植物的小陽台。這裡除了是水彩教室，也是我的祕密基地。

水彩課對我而言，像是一座串連人與人之間的橋樑，它的意義不僅僅只是額外增加收入的副業而已。比方說小蒨，她為了追求夢想中的生活，放棄台北建築師事務所的工作帶媽媽來到台南。原本我們的生活是沒有任何交集的，卻因為水彩課的緣故成為了朋友。她

C.W. Lai
2020.0.18

所經營的空間，也成為了我生活記憶裡不可或缺的一部分。

另外，來上課的同學們同樣讓我印象深刻。還記得，我曾教過一位退休後才開始學畫畫的阿嬤，上課時非常認真，遇到卡住的地方都會很仔細地詢問，下課後仍然持續練習，不時丟訊息向我請教。她帶給我一股不服輸的感覺，像是西方藝術史上非常有名的素人畫家摩西奶奶，她在七十六歲的時候才開始學畫，一直畫到一〇二歲去世。因為喜愛繪畫，即使她們的人生經已快到終點，仍然是充實而飽滿的。

那時我還因為水彩課的關係有了展出作品的機會。一位同學整理了巷弄裡的民宅作為文創商店，邀請我在開幕前一個月到店裡辦場畫展。也有同學成為固定的班底，只要時間允許就會來找我。這些總總都讓我覺得自己很幸運，能透過水彩課，認識這些持續關注我創作的朋友們。

漸漸地，我有了「以為可以一直在老房子裡教水彩」的錯覺。

前陣子得知，因為屋主不再續租，有時甘杯要搬走了，上週末是最後一次在這棟老房子裡上課。下課後我沒有離開，靜靜看著光線灑落在閣樓裡，希望時間能夠停留在這一刻。

2020

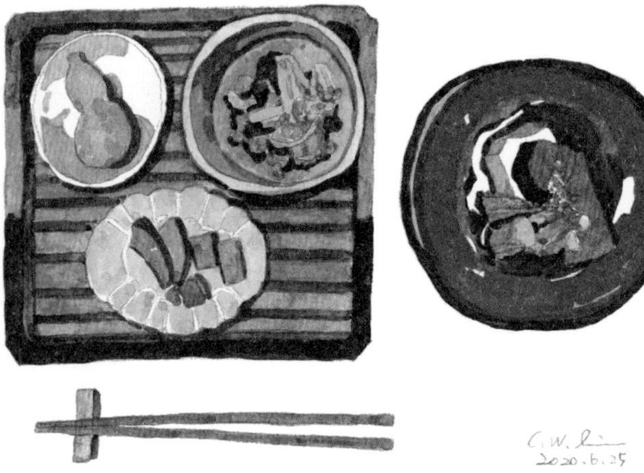

旬常

禮拜五中午我請了一小時的假，從南科騎車到十多分鐘路程外的永康工業區。除了上下班的繁忙，和市區相比，工業區裡的時間幾乎是靜止的，我在園區裡亂繞，停下車來查地圖，途中經過廢棄的印刷廠，又轉過幾個路口，才找到「旬常」。

幾年前寫《台南巷框》的時候，曾採訪過「島旬友善料理」的老闆禮光，也和他成為朋友，熟識了起來。後來島旬結束營業，禮光休息了一陣子後，來到永康工業區開了這間小餐廳。

旬常所在的地方叫「ＩＯ工業綠洲」，是個由汽車零件工廠轉型而成的藝術基地，裝設機台的廠房就像十鼓文化園區的糖廠一樣，時空凍結在結束營業的那一刻，有的空間成了大型舞台劇場、有的改造成咖啡館，或是成為生態綠地。雖然旬常的前身是警衛室，但不會讓人感到侷促，裝潢擺設帶著從前島旬的風格。我喜歡坐在料理區前的吧台，等餐時可以和禮光及他的女友佳怡閒聊。

我有過幾次和禮光去市場買菜的經驗，他認真地向我解說如何辨別食材的好壞，比方說肥碩的蘿蔔不一定好，相反地，應該要選那些根部很長、看起來沒有那麼肥美的蘿蔔，因為它們比起施加肥料的同類，更需要靠自己的力量，向下挖掘找尋養分。這樣的選菜理念，貫穿著旬常的料理方式，使用原生的食材，靠原本的味道來做料理，是很不一樣的想法，我也從他身上學到了一種對生活的態度。

距離上次到訪已經是兩個月前的事情了，時節不同，料理的面貌也不同，炸物裡多了波羅蜜，吃起來有炸黃金麻糬的口感，甜甜的、黏黏的。那天店裡還有其他客人，大家圍坐在容納六個人的木桌吃飯，七嘴八舌地問著禮光各種問題：

「為什麼會結束島旬？」

「為什麼會在這麼偏遠的工業區裡開餐廳？」

「有沒有興趣到台東鄉下開餐廳？這樣更貼近產地。」

「花生冰淇淋怎麼做？」

「為什麼只有開週一到週五中午，晚上沒有營業？」

在小小的旬常吃飯聊天，看著窗外翠綠的景色，儘管生活中有很多事情要忙碌，上班、畫畫、準備畫展、演講、做家事，心倒是隨著輕鬆的食物與空間跟著平靜了下來，生命或許就是這樣，感受當下，好好吃飯，好好生活。

離開前，禮光向客人們介紹了我，工程師、畫家、《旅繪台灣》作者，話題開始慢慢地轉到我身上，可惜電話已經響個不停，我還得回去上班。

2020

啊雜貨

蕃薯崎是台南市中心的一個老社區。清朝的時候，這裡曾是熱鬧的商業街，不過今日已成了尋常的巷弄，窄窄的，偶爾可以看到小貓一派輕鬆地坐在機車椅墊上，目送路過的行人。對於蕃薯崎的記憶，除了幾個適合畫畫的私房景點外，就是「啊雜貨」了。這間小店主要販售日本的療癒公仔，空間不大，但整理得乾淨整齊，走進來就相當舒服，一點也不會讓人感到侷促。

啊雜貨的老闆孟諺是個很有親和力且童心未泯的人，有種真誠且勇往直前的性格。後來，我常常到訪蕃薯崎的原因，反而不再是速寫了，而是去找孟諺聊聊天，串串門子，看看店裡又進了哪些新公仔。

很慶幸因為懂得畫畫，才有機會認識和自己完全不同領域的人們，透過他們，總能看到許多值得自己學習的特質，而這些朋友，也成了我在台南的生活中日常風景的一部分。

二〇二〇年，因為疫情爆發，許多店家被迫歇業，

甚至永久倒閉，這讓我不免擔心起啊雜貨來。某個週末，再次來到蕃薯崎，看到啊雜貨的門口依然發著亮光，心中的石頭終於落地，這間小店並沒有被擊倒，依舊是巷弄裡閃耀的燈塔。

我走進店裡，一如往常般和孟諺閒聊。此時，一位客人走了進來，站在擺滿商品的大桌子前細細打量。桌上的招財貓、不倒翁、木雕貓咪們也安靜地坐著，等待著她的挑選……

2020

晴朗的季節山

曾經有一陣子，高雄和台南交界的這塊區域進入了我的生活範圍，每天風塵僕僕騎著機車，前往位在路竹的傳產上班。那年是二〇一六年，當時最大的新聞是川普當選美國總統。不過，這對遠在台灣的我來說影響不大，生活一樣平凡的運轉著。印象中，那段日子的天氣總是很好，熱熱的、悶悶的，很少下雨。

這間傳產是家族企業，就像一個由董事長統治的小小王國。雖然我掛的職位是研發專員，但實際的工作內容卻很隨意，基本上董事長想到什麼就必須執行，比方說整理庫房、打掃環境、分析客訴、盤點呆帳、或被派去做各種研究（例如：開發種菜設備、研究產品的電化學清洗製程等等）。有一種包山包海、卻不知道自己的部門究竟在負責什麼的感覺。

讓我感到最痛苦的，應該是整理庫房這件事了。每天必須七點半上班，和幹部們圍成一圈，觀賞董事長表演做實驗。結束後，我必須將實驗材料都搬回庫房。會覺得痛苦，是因為我的前任並沒有好好整理庫房，導致我被抓交替後，接收的是個爛攤子。每個實驗材料至少有十公斤重，庫房裡大概有兩三百個吧！而且還在持續增加中。我花了很多力氣將它們重新排列組合，分門別類擺好，建檔造冊，才終於整理妥當。過程像在做重訓，每當回到座位時，已經全身濕透。

公司裡有幾位同事直到現在都還讓我記憶猶新。一位是駝背很嚴重的副理，成大化工系博士畢業，原本在 M 公司當研發經理，被裁員後輾轉流落到這裡。我常和他一起去吃午餐，漸漸熟了起來，挖到不少公司內幕。可惜，我們只重疊了一個月，他離職後手邊工作也順便轉移給我。

現場有位操作起重機的工人，閒聊後才發現他居然是清大材料系畢業的學長，因為得罪董事長被下放到產線做工，不再是工程師。每天晚上，他得幫董事長準備隔天做實驗的材料，常常加班到很晚。他對未來沒有企圖心，只求有份工作能做到退休就好。

最後一位是公司的副總，他的座位就在我的旁邊，也是小小的隔間。他原本在官田分公司當廠長，但被明升暗降後轉到路竹總部。副總是個有著光亮禿頭的大叔，矮矮的，人非常好但又有點可憐，每天捧著實驗樣品被董事長呼來喚去，完全不像高階主管，反而像普通的小工程師，常常忙得滿頭大汗。其實我和他變要好的，偶爾中午的時候，他會請我去吃麥當勞。

對我而言，上班唯一的樂趣，大概只剩騎車的時候可以吹吹風欣賞一下風景了。記得在前往路竹的幹道上，有一座廢棄了幾十年的番茄工廠，粗壯的鳳凰木生長在只剩牆面的廢墟裡，經過時我都會特別注意它，但

從沒有想要停下來，走進去看看的念頭。到了週末，我則是把自己投入到繪畫創作裡，和太太去西市場採訪攤販，記錄即將消失的風景，這是那時的我唯一可以逃離現實的方式。

半年後我離職了，生活圈再度回到原本的範圍。又過了幾個月，某天我在臉書上看見了朋友分享番茄工廠的照片，才發現廢墟裡的鳳凰木正盛開著！由於之前去路竹上班時已過了花季，我從沒看過這樣的風景。

那個週末早晨，再次前往路竹，這時我才終於走進了這座番茄工廠。果然和臉書的照片一樣，烈火般的鳳凰花讓原本荒蕪的廢墟成了飽滿的熱帶島嶼，在明媚的陽光下渲染著濃郁的紅色，那種感覺非常魔幻，在我心中留下很深的印象。

現在，每當想起路竹，我的腦海就會浮現那段在傳產上班的奇特經歷，也會想起那棟番茄工廠，還有那棵盛開的鳳凰木，我好像做了一場非常真實的夢，而這一切都發生在晴朗的季節裡。

2018

多畫畫，發現美的事物

今天，天氣晴。上午和太太逛完水仙宮市場，我們在普濟殿附近的巷弄散步。我對這個社區的印象一直停留在晚上，從未在光線充足的中午時刻來到這裡。同樣的巷弄，同樣的寧靜，卻帶給人截然不同的感受。光影對比強烈、黑白分明，讓我有種走進自己水彩作品裡的錯覺。

途中經過一棟貼滿大紅色春聯、懸掛木製招牌的家庭餐廳。老屋門口有連成一串的圓形風鈴，生長旺盛的植栽在它周圍蔓延，還有兩位小朋友就坐在門外的白椅上，顯得有些慵懶，好像正在享受陽光似的。在我拍照的同時，剛好和他們眼神交會。這個偶然巧遇的畫面，印在我的心裡，成為了水彩日記的素材。

中午的散步很舒服，是個溫暖的冬天。下午，還要去孔廟參加水彩協會的寫生。

最近正在讀《呂赫若日記》，這位日治時代的年輕作家曾在一九四二年元旦對自己認真叮嚀：「要多創作、戲劇、發現美的事物。」這句話來到近八十年後的現代，依舊讓人感動。

我也叮嚀自己：「多畫畫，發現美的事物。」

2021

情懷食物

你的情懷食物是什麼？週日下午，和太太與幾位朋友在有時甘杯聚餐時，我們討論了這個問題。

情懷食物像是食物版的主題曲，味覺、視覺、嗅覺都能讓人連結到某個特定的生活情景，但仔細想想，味覺似乎又更深刻了些，畢竟吃下肚嘛，味道刺激著舌尖的味蕾，和我們有著最親密的接觸。聽說，舌尖的神經也連結到大腦的視神經區，或許當我們吃下食物的同時，也能激活某種視覺印象。

再回到情懷食物這個問題，大家各自說了自己的版本。朋友 A 的情懷食物是土魠魚羹、朋友 B 的情懷食物是超甜的麥芽牛奶、太太則是全脂牛奶加玉米脆片。陸陸續續還有人提到麵線糊、台南版米粉貢丸、泡麵加蛋等等。互相坦承後，有的人露出「沒想到你竟然喜歡這個呀！」這樣的表情。

我的情懷食物應該是最怪的，是加了兩顆雞蛋的超油手工蛋餅（簡稱雙黃蛋）。那是我讀高中時上學必買的早餐。每天早上，校門口前的小店裡，瘦瘦的阿婆忙碌地在澆滿油的熱鐵板上煎著手作麵皮，她會在上面打上兩顆雞蛋，等煎好了翻面包起來，再油油地裝到塑膠袋裡，交給飢餓的學生。我吃了三年，貫穿整個高中生涯。現在回新竹，再去那間小

店點雙簧蛋，就好像點了一份高中的回憶。

好像很久沒有和朋友輕鬆閒聊。原本還擔心不知道該說些什麼，後來只是很自然地想到什麼就說什麼。一個下午的時光，自然地流逝了過去。

2021

2021.1

流動日常

星期日的時候，太太想要外出走走，類似的討論每週都會上演一次。想來想去，最後決定騎腳踏車去歷史博物館散步。我們常常為了週末該去哪裡而苦惱，好不容易解決了這回合，七天轉瞬即逝，再次重複同樣的循環。對於時間流動的速度，總覺得人生的每個階段都不太一樣。還是學生時，要過很久才能走完一個學期，不像現在，很多事情以為才發生不久，卻已經過去好幾個月或好幾年了，日子在不知不覺間流走。

順著路騎進了繁忙的河堤車道，這是我平常上下班的必經之路。因為往來的車輛時速都很快，但道路本身卻很狹窄，我們被迫緊貼紅線。發出巨大聲響的汽機車不斷從身後呼嘯而過，一路走得提心吊膽，雖然拼命加速，仍然騎了很久才離開車道，到達歷史博物館時已經是中午了。午餐後，悠閒地四處走動。中午的陽光很強烈，打在皮膚上有溫溫的觸感。大草坪上，有和小孩與寵物玩耍的一家人、有就地午睡的大叔，散發著假日的愜意。我們也躺在草地上曬太陽，感覺一不小心就會睡著。

回程時，改騎之前從未走過的山海圳車道。由於是腳踏車專用道的緣故，總算可以放鬆地慢慢騎車，一路走走停停，看到喜歡的風景就停下來拍照，不用再害怕被車流驅趕。車道旁種了一整排紅透的烏桕樹，為冬天的台南帶來豐富的色彩，它們的枝幹和葉子變化繁複，造型也很有藝術感，是這次腳踏車散步意外的收穫。

當天晚上，我畫了車道旁的烏桕樹，寫了些文字，週末就這樣結束了。我想抓住每一個流動的日常，但我所能做的，大概也只有認真活在每一個當下吧！

2021

跑步

跑步的習慣是在高中的時候培養起來的。那時參加跆拳道社，每天早上都要跑操場五圈鍛鍊體魄，加上學校每年舉辦越野賽跑，放學後同學間常常一起揪團到後山練跑。久而久之，我便喜歡上了跑步，慢慢懂得如何呼吸、如何踏步，跑出自己的節奏。對我而言，跑步就像一場儀式。每當覺得疲倦、無法專注、或是想要重新整頓心情開始創作的時候，我總會到戶外慢跑，透過流汗讓自己進入狀態。

跑步還有另一個好處，是可以穿梭在生活的地方，近距離感受它的變化。某天早上，我在鹽水溪河堤步道慢跑，起步沒多久，就看見一台怪手正揮舞著刀片，在河岸大草地除草，十幾隻白鷺鷥聚集在怪手旁好奇地觀看。路過時，我擔心刀片一不小心就打到祂們，「鳥」命嗚呼，想著想著，漸漸離怪手和白鷺鷥遠去。

炙熱的陽光打在路面上，蒸氣在前方裊裊升起，原以為就這樣一路好天氣下去，但跑了半小時卻迅速變天，雷雨傾洩而下，我無處可躲，只好自顧自跑到全身濕透。沒多久，這場驟雨就結束了，沿途變得濕漉漉的，行道樹倒映在路面的積水上，就像水彩畫一樣引人入勝。

我繼續前進，腳用力踩在積水上，「噗通」地激出水花。當我回到家時，也才早上十點而已。

2020

C.W. Lin
2022.6.21

家中風景

書房窗外

我常常透過書桌旁的窗戶觀察外面的風景。由於住在頂樓的關係，視野特別好，底下來來往往的人車就像微縮模型，總是忙碌地移動著。稍微往遠處看去，則是鹽水溪以及河對面的市鎮。

雖然窗戶外的風景是固定的，但也非一成不變，無聊的時候，我會乾脆直接看著它開始畫畫，像寫日記般留下些什麼，這讓我想起畫出《午後的蒙馬特大街》的印象派畫家畢沙羅，他常常在不同的季節與天氣，透過家中窗戶，畫下不一樣的蒙馬特大街。

我特別喜歡雨天的樣子。有時陰鬱的天空下著毛毛細雨，就像輕柔的風；有時卻又發狂般猛烈而下，白色的雨霧遮蓋了整片窗戶。我想，最美的倒不是雨天本身，而是雨所觸發的心境轉折，我偶爾會想起張韶涵的《雨後》，大學時常聽這首歌看著雨發呆，沉浸在失戀的氛圍裡。回想起來，這一切恍如隔世。但在畫畫的時候，彷彿又輕輕敲響了回憶的大門。

陽台

結婚前，我和太太看了不少房子，幸運地找到了一間位於頂樓、陽台進出的公寓。這是一片安安靜靜的小天地，每個房間都有對外窗，白天可以只靠自然採光照亮空間，客廳有整面牆的落地窗，能遠眺天空和市區。那天看完房子後，一直興奮地睡不著，心中充滿了無限想像，很快就下了決心買下來。

搬進來前，陽台已經住了兩株前屋主種的龍吐珠，後來我們又陸續種了大鄧伯、地瓜葉、貓薄荷等等。但讓我印象深刻的，卻是隨風飄來、落地生根的海茄苳，這個不速之客占據了盆栽一偶後，便快速生長成一株茂密的小樹，甚至還吸引了一對白頭翁到此築巢定居。

雖然陽台景觀豐富，但我卻從沒有畫過它，直到二〇二〇年的某個週末，因為疫情被困守在家裡，閒得發慌的我才在一場大雨後，畫下了濕漉漉的陽台。

我想，我是幸運的，可以住在充滿風景的房子裡；但更幸運的是，是能夠和心愛的人和小貓咪一起在裡面生活。這是我一直珍惜的家中風景。

2020

疫後市集

二〇二〇，疫情出現至今已經過了大半年，因為防疫工作做得很好，台灣一直沒有爆發災情。大家戴上口罩，繼續日常生活，週末的活動也照樣舉辦，其中就包含了森山市集。

森山市集是去年才開始的活動，以台南美術館層層疊疊的空間營造出丘陵的意象，有各式各樣的攤販、工作坊、以及音樂表演，如同盛大的文青嘉年華，讓我一直很想去逛逛。

下午，興致勃勃來到美術館，眼前的景象卻讓我完全傻眼。疫情還沒完全退去，可以理解大家想出來走走的心情，不過人潮也太過恐怖，塞爆了整個市集，就算勉強擠進去，也是寸步難移，只能被身後的人牆推著往前移動。

那天有看到什麼有趣的小商品？我已經想不起來了。唯一記得的，是廣場旁的階梯被人潮鋪得滿滿。有的人偷偷拔下口罩；有的人好像第一次約會，目光注視彼此；也有的人認真地滑著手機。仔細觀察人們的百態，自有一種繁複的美感。

大概兩週後，在台南廳長官邸又有一場假日市集，就在我以前開水彩課的「圍讀咖啡」附近。

我仍然很喜歡這類的活動，期待在小小的攤位裡發現意外的收穫。讓我感到慶幸的是，這次沒有遇到爆滿的人潮，一掃之前逛森山市集時留下的陰影。

除了市集，這塊園區的舊宿舍也被整理妥善，作為藝術家們的工作室或展演空間。隨意亂逛，我在其中一間展場巧遇了三年前寫的第一本書《台南巷框》。看著自己的書靜靜躺在介紹台南巷弄的布景裡，那些穿梭在巷弄速寫的回憶，一下子便湧上了心頭。

每個階段的自己都有不一樣的目標，那麼現在的我又有什麼的目標呢？

2020

C.W.
2020

上下班的風景

連結我家與公司的上班路線，是鹽水溪旁的河堤車道。每天我都會花上五十分鐘的時間和沿途的風景相處。

以前總覺得這是一條忙碌又擁擠的單線小道，除了逼車的汽車、車禍發生的現場、急急忙忙的機車大軍外，似乎什麼也沒有。

有時候這條路卻又帶給我不同的面貌。有一陣子我特別喜歡觀察它，我發現在不同的方向、不同的時間、不同的天氣、甚至不同的心情，都能看到變化豐富的風景，這讓上下班成了一件有趣的事情。

一個人騎車的時候，也是和孤獨的自已相處的時候，而引擎的震動聲並不能減緩那份孤獨所帶來的寧靜。想想事情，看看風景，一路放空的在河堤車道上奔馳。偶爾停下來拍些照片，再繼續移動，平凡地度過每一天。

上班

早上出門前在等電梯的時候偶然從窗外望去，看見了萬里晴空下的鹽水溪還有社區的風景，天氣真好呀！

雖然只是一個普通的日常畫面，但因為停下了匆忙的自己，而感受到美的存在。

2020

中華路和中正南路交會的十字路口，是河堤車道的起點，需要兩段式左轉。只要過了這個瓶頸，就一路順暢很少紅綠燈了。

星期一上班時是大晴天，但前一天才剛下過大雨，陽光打在前方機車騎士的身上，拉出長長的陰影。那時覺得這個畫面很美，趁等紅綠燈的時候拍了些照片作為畫日記的素材。不過，當下仍覺得遺憾，為什麼不是放假的時候放晴，上班的時候下雨呢？

2020

因為有事晚了一小時才上班，和顛峰時段錯開。此時的河堤車道比平常要安靜許多，天空很藍，白雲排列成有趣的形狀，沿路農田的變化在默默進行著。有時是作物成熟的豐滿、有時是收成後的空白、或是在播種之前欣欣向榮的雜草，它們在大地鋪上了多變的色彩。

我利用二十五分鐘的車程，欣賞這個熟悉又帶點距離感的世界。

2020

河堤車道的其中一段因為快速道路施工封閉了一年多，這段時間我只好繞路。很糗的是，第一次繞路我就迷路了，不但摔車，還差點遲到，滿身狼狽地抵達公司。

不過在漸漸熟悉路況後，新的路線反而變成了身體記憶，不需思索，就可以開啟自動導航模式，甚至在施工結束後，還是會偶爾不小心又騎到了繞路的路線。因為有那時的經驗，現在，我有時會故意騎沒走過的路線上班，偶爾脫離習慣的軌跡，小小地迷路一下，也許又會遇到新的風景。

2020

＊＊＊

從二〇一七年到南科上班算起，我便一直以機車做為通勤工具。回想起來，之前在高雄路竹工作時，即便距離更遠，我仍舊騎著機車來回奔波，只有在偶爾下大雨的時候才被迫開車。

雖然開車比較安全舒適，但我還是喜歡風打在身上的觸感與溫度，看到喜歡的風景也可以隨意停下來拍照，踏實感受它的存在，我想這份自由，是開車的時候所無法擁有的。

2021

上班途中，遭遇了突如其來的大雨，原本想先不穿雨衣，硬撐到公司再說。然而，雨勢越來越大，伴隨著雷鳴，眼前的車道一下子就被拉進厚厚的水幕裡了，心存僥倖的我只騎不到十公尺便被迫屈服，乖乖地套上雨衣。

令我意想不到的是，這場雷雨竟在穿上雨衣後沒幾分鐘後就戛然而止！陽光迅速從雲層的縫隙探出，路上只剩下薄薄的積水，空氣裡還殘留著潮濕的氣息，眼前的車道也因為大雨的刷洗而帶著淡淡的藍調，這樣多變的天氣，還真讓我摸不著頭緒。

2021

三月是黃花風鈴木盛開的季節，幾年前台南缺水，風鈴木開得特別旺盛，但在那之後就再也沒遇過當時的盛況。

最近上班，發現公司前的風鈴木默默開花了，同樣因為缺水的緣故，也開得非常茂盛。我就這樣每天上下班來來去去注目著它們，直到花漸漸凋謝，才猛然驚覺，應該要把這個畫面記錄下來呀！

我覺得特殊的風景和生活中巧遇的緣分一樣可遇不可求。錯過了，或許要過很久很久，也或許不會再有第二次機會了。

2021

下班

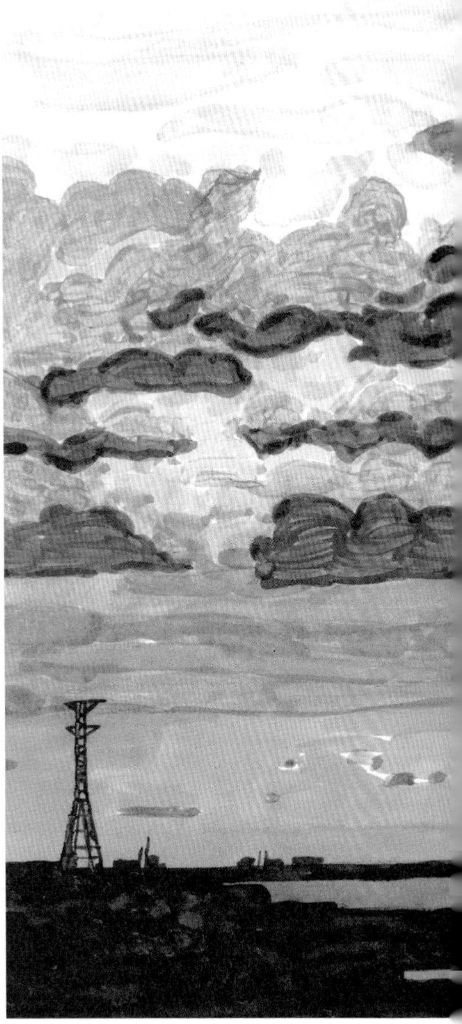

我下班的時間並不固定，但有的時候可以遇見黃昏。此時，因為太陽照射角度快速變化，天空呈現出豐富的色彩層次，隨著時間的推移，漸漸只剩一點餘光，直到最後完全暗淡下來。這一切都發生在二十五分鐘的車程裡，往往回到家，已是步入暗藍色的夜晚了。

在這個時刻，每一幕讓人難忘的風景，只會是短暫的存在。

2020

有一陣子因為河堤車道施工，上下班都必須改道，我發現新的路線會經過一大片魚塭，是之前沒看過的景觀。

下班的時候，刻意彎進岔路，騎到魚塭之間的土路，往深處探索。這時的我，不再隨著洪水般的下班車潮移動，遠離了被引擎聲包圍的世界，卻拉近與風景的距離，心也跟著緩慢了下來。

2020

印象派大師莫內曾畫過一系列乾草堆，同樣的場景，在時間與季節的流動間，展現出截然不同的色彩。對每天騎固定路線上下班的我來說，完完全全感受到了莫內想表達的意境。

心境對風景的影響，其實比時間與季節還要來得大。每當急急忙忙趕著上班，又急急忙忙趕著回家的時候，風景的變化便會消失。在我的腦海裡，想的只剩下目的地，而非自己身在何處，所以看不見風景，也失去了感受的能力。

我應該要謝謝今天下班遇到的大塞車，才能好好看看這個可愛的世界。（可參考上班篇第四幅作品，是同樣視角但不同時刻的風景。）

2020

傍晚六點半的夕陽，帶著濃郁的粉紅色，這是我第一次在河堤車道上看到這樣的天空。騎著車，迎面而來的空氣有厚厚的濕潤感，它的味道也有白天殘留下來的餘溫。後照鏡裡，天空的另一側卻是密集的烏雲，像是隨時會下雨的模樣。

當我快抵達河堤車道終點時，視野變得開闊。躍然眼前的是鹽水溪、大橋、還有遠方的城市，溪水反射著夕陽餘輝，呈現出粉紅的色澤，和天空互相呼應，這個畫面是今天最大的收穫了。

2020

週末在台北《旅繪台灣》新書宣傳結束後，我回到公司上班，又是忙碌的一天。打開電腦，待處理的電子郵件已超過一百封，就像從杯子溢滿出來的水，讓人手忙腳亂。

從九點半和客戶開會到中午，接著又繼續忙到晚上九點多，工作告一段落後才離開辦公室。騎車回家，黃澄澄的光線微弱地打在河堤的車道上，前方奔馳的機車亮著紅色的尾燈，遠方的天空有忽明忽暗的閃電，不知道哪個區域正在醞釀著雨？夜裡的雲，也散發著一股富有層次的美感。

我將機車停在路旁，靜靜欣賞夜裡的河堤車道，只有在這個時候，我才再度成為了畫家。

2020

快到家時，天色已近乎全暗，不過從河堤步道樹木的空隙間，還能看見一點夕陽的餘暉。帶著淺淺的黃色，慢慢被夜幕吞噬。

另一個吸引我目光的是樹的剪影，大概是創作風格的關係，我特別喜歡變化多端的造型。樹的形狀像各種跳舞的姿態，在台上賣力演出。回到家，一場精彩的表演恰好落幕。

2020

***

有時候，我其實蠻喜歡在晚上等紅綠燈的那幾分鐘，因為可以拍一些機車騎士的畫面。

引擎隆隆作響，震動著緊握的把手。紅色的尾燈、紅色的交通號誌、還有被染紅的柏油路面，連天空也都

有點紅紅的感覺。原本應該是暗藍色的夜晚，已被紅色完全籠罩，直到綠燈亮起的剎那，才會進入下一個階段。

這一切都在默默提醒我，即便下班了，生活依舊忙碌地運轉著。

2021

旅行日常

Chapter 4

自從疫情爆發以來，已經很久沒出國了，
相反地，在台灣其他地方蹓躂的時間
倒是多了不少。

我喜歡在戶外畫速寫，
感覺與風景之間的距離又近了些。
我也常拍下很多照片，
回家後再將它們畫成水彩。
畫畫時聽著音樂，回想當時的場景，
好像又重溫了一次旅行。

九份

每當遇到煩惱的時候，我總會有想要逃避的念頭。小小的煩惱比較好處理，跑跑步、畫個畫、甚至無腦耍廢也就讓它們過去了。但是，也有那種沉重的煩惱，整個心思都會被它占據，讓人不知所措，做事也久久無法進入狀況。這時候的我，已經無法逃避，只能坦然面對。

其實，繪畫對我而言從未是個紓解壓力的方式。但我喜歡待在戶外，寄情於風景，一邊欣賞一邊單純地速寫，只有在這個當下，繪畫才能對迷惘的我帶來很大的幫助。我想大概是因為這個原因，我去過九份幾次，每一次都感覺自己的身體輕了一些，也有勇氣面對種種煩惱。

九份藍調

二〇一八年十二月，我在台北有場演講，回顧了寫《台南巷框》時，在巷弄裡找尋風景的種種趣事。那陣子有點卡關，畫畫找不到目標，完全提不起熱情，這讓我很羨慕之前的自己。演講結束後我搭車前往九份。這是已經計畫好的行程，想轉換心境，自己一個人在九份待上幾天。

當我來到民宿「夾腳拖的家」時已經是晚上九點，但幸運地遇上了正準備外出夜遊的隊伍，我趕緊放下行李加入他們的行列。

我們在小巷弄間穿梭，一下子爬上階梯，一下子往下走，我們腳步輕盈，很快就融入了寧靜的氛圍裡。我喜歡這樣沒有壓力，不趕時間地走著，燈籠將街道染成紅色的世界、建築物有各式各樣的小細節，停在屋簷上的貓咪、或是轉角處的小廟，這些零碎的風景好像自己就構成了一幅畫作，靜靜地佇在那，等待與我們相遇。

與夜遊夥伴的互動，也帶給我深刻印象。還記得，夜遊的隊伍裡有一位大學剛畢業的學生，正在民宿打工換宿，預計待一個月才返回台北。閒聊中，他突然說：「其實會想來九份待一陣子，主要是找工作這件事讓我很苦惱，不知道自己能做些什麼，所以乾脆上來放空。」他的坦白讓我愣了一下，沒想到遇到了同樣卡關的人。

夜遊在小酒吧前結束，大家各自解散，我獨自返回「夾腳拖的家」。昏暗的街道上，路燈在眼前搖曳，遠方是明滅的城居，這座夜深人靜的山中小鎮，已經沉醉在藍調的氣息裡了。

微駐村生活

再次北上九份，是隔年三月的時候。由於上次在九份畫了不少速寫，有幸讓「夾腳拖的家」老闆知道了，熱情地邀請我到九份駐村，試住民宿的新空間，並創作一本介紹九份的繪本。

新空間是一棟不起眼的傳統民居，視野很好，可以遠眺北海岸線與深澳漁港。不過，打開大門後，我卻被嚇到了，沒想到玄關本身便是浴室，一個雪白的浴缸夢幻似地展示在眼前。由於實在太過違和，以至於後來每每回想起九份，心中總會蹦出浴缸的身影。

白天的時候我帶著畫具四處閒逛。走在遊客如織的基山街，被各種聲音、氣味、顏色包覆起來。琳瑯滿目的商品與招牌占據視覺空間，攤販燈泡的黃色光線在身旁流轉，食物的香氣於空氣中隱約擴散，熱鬧的氛圍讓我以為仍然身處在繁榮的城市裡。

然而，只要彎進巷弄，這些聲音、氣味、顏色便會消失無蹤。我走過被綠色植物覆蓋的巷道，看見披著灰黑色調的陳舊民居，坐在空無一人的涼亭望海，或是巧遇在台階上伸懶腰的貓咪。這些風景讓我不受干擾、靜靜地享受小鎮那份獨有的距離感。不知不覺畫了好多速寫，拍下不少照片，這座山城帶給了我喧鬧與寧靜同時並存的感受。

民宿的視野很好，站在門口可以看到層層疊疊的房子，
還有山與海的風景。

C.W. Li
2019 九份

C.W. Li
2018
九份.速寫30min

C.W. Li
2019 九份

4	2	1
	3	

1 豎崎路的人潮速寫，這條路是九份最有名的景點，據說宮崎駿電影《神隱少女》曾在這裡取景。

2 九份國小後門有一條山中小徑，這裡有一座小小的土地公廟。神明的存在對從前在九份淘金的礦工們是相當重要的精神寄託。

3 熱鬧的九份老街（基山街）。

4 長滿雜草的廢屋，散發著引人入勝的美感。

1　九份茶坊。

2　從輕便路旁看到的山坡聚落。

3　住在多雨的九份，當地的傳統房舍常見一大片烏黑油亮的油毛氈屋頂，是隔絕濕氣的重要素材。

4　黃金博物館附近的聚落，有層層疊疊的美感。

5　九份老房子速寫。

2018
C.W.
台北九份山城

2018
台北九份山城 C.W.
30min sketch

C.W.
2019 九份

C.W. 2019
九份

大雨中的豎崎路。由昇平戲院前的小廣場看過去，疊在一起的雨傘像是河流般流動。

在九份的第二個晚上，我改住胡達華釘畫工作室。這是老闆正在改造的另一個空間，之後會作為旅客登記入住的場所。我也在老闆介紹下認識了目前住在台北的胡老師，是一位對繪畫非常有熱情的和藹老前輩。

那晚九份下起了傾盆大雨，打得鐵皮屋頂噠噠作響。我買了幾罐啤酒、一包零食，獨自在工作室裡整理白天畫的速寫線搞，為它們上色，一直工作到深夜，累了就倒在木床上休息，然後再繼續未完成的進度，忙得除了畫畫以外沒有時間多想其它的事情。其實，我是再次帶著煩惱的心情來到九份，為了轉職的事情遲遲無法做出決定，因此失眠了好幾天，讓我感到相當沮喪。

睡覺前，和一位經營獨立畫廊的朋友通了電話，關於工作、夢想、過去的經歷，我們聊了許多，她也有她的煩惱，畫廊同業之間互相比較競爭、策展帶來的壓力、或是和買家之間應對的挫折等等。當情況糟到不知道該如何處理自己情緒的時候，她總會有想哭的衝動。我不知道該怎麼安慰她，因為自己處理這類問題的方式實在是高明不到哪去。

躺在木床上發呆，我想起了蔣勳節目裡一段談到蘇東坡的內容，對《定風波》的最後一句話「回首向來蕭瑟處，歸去、也無風雨也無晴」特別有感觸。若將那些生活中的煩惱視作風雨，當這一切都能看的豁達時，即使尚未放晴，但至少風和雨已經停了下來。或許明天一覺醒來，今晚的大雨也會過去。我想著這些，在凌晨三點的時候。

小上海
咖啡茶樓

C.W.L.
2021

緩慢的金瓜石

結束在九份的三天兩夜後，因為答應了另一位朋友在「緩慢金瓜石」民宿開水彩課，我前往金瓜石，預計在那裡住一晚，隔天再下山。

去程有朋友的便車可以搭，但回程只能自己靠自己了。下山那天中午，我和一位民宿的房客結伴健行，走山間小路返回九份。

在「緩慢金瓜石」附近有一條小溪，恰好位在健行的路線上，順著步道來到溪邊，會看到三座彼此重疊的橋樑。最上方是引水道遺跡、中間是今日的步道，下方則是廢棄的舊拱橋，毫無違和地融入周遭綠意盎然的環境裡。我們爬下河岸走到乾枯的河床上，摸摸溪水、看看岸邊搖曳的蘆葦，拍了些照片，在泥土上留下足跡。

金瓜石到九份之間的公路是蜿蜒曲折的髮夾彎，順著山勢緩緩上升。但是我們所走的步道反而都是直線，必須爬過一條又一條陡峭的樓梯，讓人滿頭大汗。記得其中一段階梯沒有樹林遮蔽，回望身後，能看見層層疊疊的山巒和遠方的大海，心情跟著視野一樣開闊了起來。

我發現坐車的時候反而看不到這些風景，記憶裡都是在公路上晃得暈頭轉向的不耐，只想趕快抵達目的地。自從在台南養成散步的習慣後，我漸漸喜歡上走路。緩慢的移動轉換了心境，總能帶我看見許多在不經意間錯過的畫面。

來到九份公車站，由於出發的時間尚早，我們加碼爬了雞籠山。從山頂瞭望，緊鄰著九份的山頭布滿了紅色與米白色的墳墓，層層排列在山坡上，宛如另一座山城。

下午三點半，搭公車下山。在迷迷糊糊之間回到車水馬龍的台北，我以為自己已經離開了很久的時間。

2021

基隆

正濱漁港

二〇一九年夏天，由於寫書的緣故，我來到基隆，這個在我心中距離十分遙遠的地方。時隔一年，趁著帶太太到台北走走的機會，我又回到了這裡。那天早上我們去和平島海水浴場游泳，大約中午左右離開，在正濱漁港附近的餐廳用完午餐後，繞著漁港散步。

九月的基隆，充滿了潮濕的氣息，像是隨時會下大雨似的。拿這個午後來說，此時天空覆蓋著厚重的白色雲層，上午的藍天不見蹤影。

我們經過一位正在跳舞的外國女子，她沉浸在喇叭放出的音樂裡，手腳和諧地舞動，像交響樂的指揮家，指揮著鷹架上的工人焊接裝置藝術。走了一小段距離，音樂漸漸在身後淡去。港口裡，白色、綠色與藍色的漁船整齊地停靠在岸邊，水面映著山的倒影，渲染出濃厚的綠色。

不久，天空終於忍不住下起了雨。細細的雨水在平靜的港口裡激起一圈又一圈微小的白色漣漪。我們撐著傘站在岸邊欣賞眼前的風景，不知道是不是心理因素影響，覺得時間安靜了下來。

久久咖啡
MDH1
051-P1
2A

小巷弄

基隆的巷弄也很吸引我，但帶給我的感覺和台南的巷弄不太一樣。該怎麼說？或許是常常下雨的關係，再加上老舊的市區，因此散發著一股陰鬱的氣息。

從正濱漁港騎車回市區途中，雨勢越來越大，白色的水霧模糊了視線，輕便雨衣也被風吹得殘破不堪。好不容易抵達火車站，我們的下半身已經濕透。歸還機車後，想找一間咖啡屋歇腳，在市區繞來繞去，路過一條小巷弄時，我們停下了腳步。會注意到這條巷弄的存在，是因為地磚的關係。

我喜歡有地磚的巷弄。相較於柏油路，地磚帶來生活的溫度。另一方面，地磚在色彩與造型上的變化，也成了巷弄本身有趣的小細節。比方說，走在台南的巷弄裡，最常見的是紅色與灰色相間的地磚。然而，這條基隆的巷弄，卻有著黃色與深灰色正方形拼貼而成的地磚，吸引了我的目光。

巷弄裡，大大小小的招牌與停靠一旁的機車彼此堆疊，雖然混亂，卻又隱約有著一股不規則的美感。以前在畫室時，老師曾說學不會畫畫沒關係，但最重要的，是上完課後大家都能培養出感受美的能力。我想，這是學畫帶給我最大的寶藏了。雨漸漸緩和，我們走走停停，拍拍照片，順利找到了歇腳的咖啡屋。

廟口後山

第一次來基隆時，在地畫家王傑老師曾帶我參觀位於廟口後山的許梓桑古厝。這棟磚紅色的老屋建於一九三一年，曾是基隆數一二的豪宅，卻因為後代的產權問題荒廢了數十年之久，逐漸變成和植被共生的美麗廢墟。

這裡視野很好，可以瞭望整座城市。

新竹老家也有類似的後山景致。小時候，堂姊常帶我和弟弟去十八尖山散步，自由車場附近有個小空地，從那裡也能一覽無遺地遠眺整個市區。現在回新竹，我還是有時會到那裡看看自己的家鄉。滿奇妙的，看著基隆卻想到了新竹。明明這兩座城市是這麼的不同。

忙著拍下整座市區的同時，濃密的烏雲又開始落下雨水，天空打了幾聲雷鳴，遠方大街的聲音慢慢被雨聲覆蓋，讓古宅顯得有些寂寥。離開的路是一條裝飾著基隆歷史壁畫的小徑，我們很快回到了山下，從昏暗的小社區來到明亮的夜市。

下著大雨的廟口夜市

我從沒想過會在下著滂沱大雨的時候去逛廟口夜市。有時候，對大家來說很掃興的事情，卻會讓我感到興奮。雨天就是一個很好的例子，它開啟了我的想像，也在腦海裡勾起我所喜愛的繪畫作品。

此時出現在我心中的畫作，是著名的浮世繪雨景，由歌川廣重所繪的「大橋安宅驟雨」。我喜歡這幅畫將雨表現成細細的黑線，細膩的雨絲打在驚慌失措的人們身上，將驟雨的感覺表現得淋漓盡致。

走在行人稀疏的夜市，店家把自已「收進」遮雨棚裡繼續做著生意。濕漉漉的地面反射著各種光線，一個撐著傘的男子站在前方不遠處，他的動作從容但神情無奈，空下來的手拎了兩個袋子，不經意往我的方向看了過來。

或許是聯想到「大橋安宅驟雨」中慌亂的路人，佇立在大雨的男子帶給我另一種雨的感覺。也因如此，這個畫面在我心中留下相當深刻的印象。

回到台南後，我花了兩個禮拜的時間，將當時所看到的畫面轉換為水彩創作，那一張「下著大雨的廟口夜市」。

2021

鄭潤餅
新記
手工煎餃
港式燒賣
鄭
潤餅

柴山海岸

若有人問我高雄哪裡最適合看海，我大概會回答柴山海岸。這裡吸引我的地方除了蔚藍的海景外，最主要還是從熱鬧到僻靜之間的反差。

開車從西子灣出發，經過中山大學，再順著柴山大路蜿蜒而行，這條不算寬敞的車道緊臨海岸和滿是植被的山壁，偶爾還會看到幾隻逗留在路旁的小猴子，不知不覺間，灰色的水泥世界已從身後遠去。

在一處岔路轉進斜坡，會來到一個安靜的海邊聚落。聚落裡的房子依山勢而建，就像一座延伸到大海的山城。據說在清代，這裡已經有人居住，村民多以捕魚賣柴為生。戰後，因為柴山被劃入軍事管制區，限制了聚落的發展。和快速變遷的高雄市區相比，除了出現幾間主打看海的咖啡屋外，大部分地方就像被放入時光膠囊般，停留在過去的模樣。

C.W.L.
2022

某個週末上午，我和太太來到這個緊鄰市區的聚落。那時是十月中，溫度和夏天一樣炎熱，明亮的光線打在樹梢上，切割出漂亮而破碎的陰影；家門前也有當地人坐著聊天，或是看著大海放空。

我喜歡這樣在巷弄裡隨意散步的感覺，總會想起安西篤子《鎌倉：與山海共度的生活》筆下所描寫的小城，透過花草樹木和生活細節所引發的日常觀察，傳達生活的美感。

我想，如果是以前的我，大概無法有這樣的共鳴吧！只會覺得這裡是一個偏遠又荒涼的地方，遠離城市、破舊殘敗。但現在我已不再有這樣的想法，反而有了想要為它留下些紀錄的念頭。

台灣獼猴是高雄柴山常見的風景。

柴山海岸有不少可以看海的地方，除了剛才提到的聚落，再往前走到軍事管制區招牌處，同樣順著岔路斜坡而下，會來到一個叫天涯海角的地方。這段海岸的地貌相當特殊，不同於西部常見的沙岸，有複雜的天然海蝕岩洞與珊瑚礁石灰岩，吸引不少遊客到訪。

停車場周圍聚集了不少台灣獼猴，其中有一隻小獼猴特別活潑，不斷地跳上跳下，變換各種姿勢，似乎正在嘲笑拿著相機的我們。

我來到岸邊，觀察腳底下的潮水，海浪拍打岩石，激發出白色的浪花，破碎又合併，像是有節奏的呼吸聲在耳邊回響。我練習讓自己放空，看看海、看看山、看看猴子，讓一個上午的時光，悄悄地從我的身旁溜走。

2021

北九州

二〇一八年，我和家人去了一趟日本九州。那時的我帶了速寫本，一邊旅行一邊畫畫，也寫日記，留下不少紀錄。幾年後重新翻閱，就像再看一次喜歡的電影，有了不同的感觸。

這個時候，旅行的細節慢慢湧現，它在記憶如浪花般消退的時候，為過去的自己留下了淺淺的足跡。

十月七日　別府

來到九州的第二天上午，我們去了「由布岳」。這是一座標高一千五百八十三公尺的活火山，也是由布院小鎮的守護神山，四季各有不同的風貌，因為山形和富士山一樣呈現圓錐的關係，被稱為豐後富士。

來由布岳登山的人很多，不過幾乎都是日本人，這裡大概不是外國人熟知的觀光名勝，但由布岳卻是我所爬過最特殊的高山。從登山口到森林之間，是一片美麗的草原，走在這裡就像走進了 Window 95 的經典預設桌布裡。爬山途中，遇見迎面走來的山友，大家都親切地喊著「おはよう」早安！我也用「おはよう」向每個人回禮。

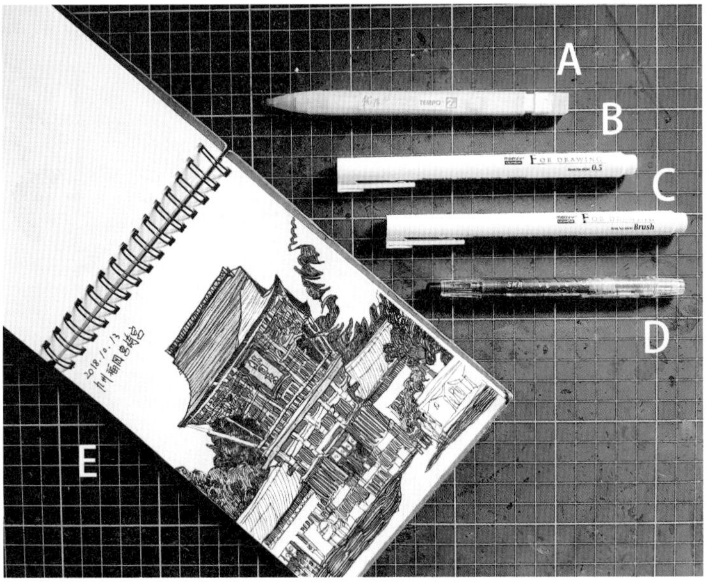

A　2B 平頭鉛筆

B　0.5 代針筆（黑）

C　Brush 毛筆（黑）

D　蠟筆（黑）

E　36K 速寫本

2018.10.7
九州别府
健康の館

上午行程結束後，我們去參觀「別府地獄」。別府地獄由八個有各自特色的溫泉組成，由於這些溫泉的成分不同，分別呈現出藍、紅、白色等各種顏色，造就出恐怖卻又不可思議的景致，就像看見畫中的地獄一般。可惜離營業結束時間只剩一小時，最後只參觀了「灶地獄」與「鬼石坊主地獄」。

我畫了一幅灶地獄的水彩速寫。白色的煙霧隨機從溫泉冒出，噴發的時候，一旁的工作人員不斷吆喝解說，雖然不懂日文，但聽著他宏亮的配樂，也讓我同樣熱血沸騰了起來。

九州有相當豐富的溫泉資源，尤其別府溫泉的湧出量更是全日本第一。在別府的巷道漫步，可以看見溫泉的蒸汽從地上的排水孔冒出來。特別走近，還能感受到一股溫溫的餘熱。那天晚上，我和太太在別府的巷道隨意走逛，泡了溫泉，吃了著名的「地獄蒸」後，才回到飯店。

十月八日　由布院

一大早搭車前往「由布院」。這是一座被群山環繞的純樸小鎮。出了車站，聳立在眼前的巨大高山，便是昨天攀登的火山由布岳。

走在由布院的商業街上，除了古樸的建築，還有湛藍的天空與廣闊的山谷，這裡雖然人潮洶湧，卻一點也感受不到壓迫感，倒是讓我覺得十分悠閒，商業街的熱鬧讓我想起了台南孔廟前的府中街。

金鱗湖是商業街的終點。它坐落在由布岳的山麓，有「岳下之池」之稱。在一八八四年的時候，知名儒學家毛利空桑曾見到湖面在夕陽照射下，反映出魚鱗般的金色光影，便將這座美麗的湖泊取名為金鱗湖。

來到湖畔，遠方水面上一閃一閃的波光清晰可見，真有魚鱗的錯覺。我思考該怎麼畫這幅速寫，最後決定描繪輝映著藍天白雲的湖面倒影，讓它占據了整個畫面。

由布院的行程結束時，約略是下午三點多。我們搭乘 JR 特急列車前往佐賀縣的武雄，抵達武雄時已經是晚上了。

2018.10.8
由布院的熱鬧街道

十月九日　伊萬里

由武雄出發，前往位在伊萬里的「大川內山」磁器小鎮，必須在有田轉乘松浦私鐵。

日本的鐵道相當複雜，除了國營的JR外，還有許多私營鐵路公司，充當JR路線的延伸，且各有各的車站。然而，松浦私鐵在有田卻和JR共用車站！我們走出車站後找不到松浦私鐵的專用車站，才又匆忙返回，錯過了火車，必須多等半小時。對許多人來說，這段等待白白浪費了時間，但我卻利用這個難得的空檔，畫了一幅鐵軌與民宅風景的速寫。

松浦私鐵只有一節車廂，非常像行走在鐵軌上的小公車。窗外的景物在眼前飛逝而去，可以看見連綿的山巒與農村風光，就像電影《小森時光》裡的畫面。

2018.10.9
日本有田 松浦鐵道
至伊萬里的路上
20 min sketching

九州 伊萬里 2018.10.9

2018.10.9
大川内山

到了伊萬里，還需轉乘十五分鐘的公車才能抵達大川內山，這是一座依著山勢而建的小鎮。在鬱鬱青蔥的群山環繞下，小鎮裡沒有喧嚷的人群、沒有矯情的古玩店，只有磚瓦煙囪與石板路。這裡所生產的陶瓷，是伊萬里最知名的。

大川內山的歷史可以回溯到四百年前。在古代，日本原先是沒有能力燒製瓷器的，直到十六世紀的萬曆朝鮮戰爭，俘虜了一批朝鮮瓷器工匠後，才引進這項技術。為了怕技術外流，佐賀藩主鍋島氏將技術最好的官窯遷往大川內山，專門燒製供幕府將軍及朝廷使用的瓷器。為了保密，當時嚴格管控出入，工匠們一旦進入，就必須與外界斷絕聯絡，再也無法離開。這樣的情況維持了兩個世紀之久，直到明治維新，大川內山才對外開放。

我畫了不少作品，其中一幅速寫，描繪了陶瓷街的風景。整條街道沿山坡而建，是個大斜坡。大部分的店家旁都設有燒製瓷器的小高爐，向天空延伸。一邊畫畫一邊散步，我走到瓷器街盡頭，再沿著小溪旁的步道折返回到公車站，途中有條小徑通往山頂的觀星平台，從那裡能夠瞭望整個小鎮。

十月十日　武雄

武雄是一座人口五萬人的小城市，雖然小巧，卻有不少可看的地方。標高兩百一十公尺的御船山是武雄的象徵，造型類似中國唐代的海船而得名。「御船山樂園」坐落在西邊山麓，是武雄領主鍋島茂義耗費三年時間，於一八四五年所建的私人庭園。

作為武雄領第二十八代領主的鍋島茂義在鎖國時期積極引進蘭學，成功打造西式大砲及蒸汽船，是最早接觸並重視西洋科學技術的人物。在他的努力下，幕末時的佐賀藩擁有強大軍事力量和技術開發能力，推動著明治維新的進程。

將話題拉回御船山樂園，這是鍋島茂義憑藉著御船山的斷崖所設計的庭園。樂園裡的植物豐富，四季皆有不同的景觀。春天有櫻花、杜鵑花、紫藤花，夏天有繡球花，

2018.10.10
九州武雄御船山楽園

秋天有紅葉，冬天有日本原產的山茶等等。花季時，御船山樂園的斷崖配上盛開的彩色花海，構成一幅十分夢幻的風景。

說了這麼多，我實際見到的畫面又是怎樣呢？因為來到的季節不對，只能看到一片綠油油的畫面，雖比不上花海奇景，但也相當壯觀了。

御船山（左）與御船山樂園。

武雄神社位於御船山的另一側，是當地最古老的神社，也是市民們信仰寄託的中心。參拜時，剛好有一位女士緩步登上神社，我趕緊拍照，打算等一下畫速寫時參考照片，將她也加進去。我還滿常這樣做的，雖然有點偷吃步，但至少不會錯過有趣的人物姿態。

階梯盡頭是一塊開闊的小空地，武雄神社佇立在我的眼前。我在這裡也畫了一張速寫，雖然仔細描繪了作為背景的樹林，但建築本身卻是留白處理，沒有多餘的色彩，這麼做只是為了能夠凸顯神社，並創造出景深的錯覺。

往深處走，通過一片茂盛的竹林，會看到一棵樹齡超過三千年的大楠樹。這棵大楠樹高三十公尺，需要多人環抱才能將樹幹圍成一圈。這棵參天古樹在全日本的巨木中排名第七，樹幹下方已變成了洞穴，據說它的空間能夠容納十二張榻榻米。

我一直在想，這棵位在城市中心的千年神木，到底是如何度過這麼多個世紀的戰亂和城市變遷，而堅強地存活下來的？這是在我離開神社後，不斷在心中回想的事情。

十月十一日　太宰府

離開武雄後，我們前往博多，以博多為中心展開接下來的旅行。太宰府是位在福岡縣中部的城市，雖然人口只有七萬人，但是擁有眾多歷史遺跡，吸引了一年約七百多萬旅客到訪。這座城市建於六六三年，當時日本在和唐朝的戰爭中大敗而歸，為了防禦唐朝趁勢進攻本土，便在九州建立防衛據點，並設立太宰府作為軍事指揮所，成為這座城市歷史的起點。後來的太宰府，逐發展為日本的外交窗口與九州的政治中心，規模僅次於奈良，被稱為西之都。它的政治地位直到十二世紀鎌倉幕府後才沒落下去。

太宰府裡的天滿宮是遊客散步的終點，主祭學問之神菅原道真，是日本民眾祈求考試、晉升順利的地方，因此香火特別鼎盛。想在天滿宮散步時畫些速寫，但當下有些茫然，找不到適合切入的點。不知不覺走回了主殿，當下決定，不管三七二十一，就直接開始畫吧！我畫了主殿側面和正在參拜的遊客。作畫時，靜下心，可以聽見各式各樣的語言。我想，不同文化背景的人們不論是真的要求神拜佛，或者只是單純地欣賞古蹟，都會被神社的莊嚴所觸動，停下腳步，合十參拜。

在太宰府的一天結束了，回台灣的日子也越來越近。

2018.10.11
九州太宰府
老人團的導遊

2018.10.11
九州太宰府。御神牛

2018.10.11
九州太宰府

2018、10、12
九州柳川

十月十二日　柳川

柳川位在福岡縣南部，市區內運河縱橫穿梭，被稱為日本的水都。兩千年前，柳川是塊位於海邊的濕地，先民們為了開墾土地，修築具有灌溉與排水功能的人工水道。到了戰國、江戶時期，統領柳川地區的藩主，又陸續建造了促進商業發展的運河與保衛城堡的護城河。這些水道逐漸形成錯綜複雜的運河網絡，柳川漸漸成為著名的水鄉澤國。

我們在河畔的松月碼頭搭船，巡遊這座充滿浪漫色彩的城市。航行在水道的觀光木船一艘能乘坐二十名乘客，船伕在船尾用竹竿撐著河底，控制船的移動。船伕年紀不輕，看起來似乎有七、八十歲，但身子相當硬朗，動作輕快，邊掌舵邊唱歌，和交會的其他船隻大聲地打招呼。

小木船緩緩前行，從清澈的水面可以看見閃著波光的河底、順著水流舞動的水草。河道兩岸柳樹成蔭，穿插著老舊的木造房舍，時光似乎就此倒轉數百年，回到了江戶時代。由於搭船的時候不方便作畫，我只有用拍照記錄，當天晚上再將照片補畫成速寫。作畫時，船伕的歌聲依舊鮮明，深深地迴盪在我的腦海裡。

舞鶴公園裡的福岡城遺址。

十月十三日　福岡

福岡是九州最大的城市，都會區人口達一百五十萬，是個非常熱鬧與現代化的地方，給我的感覺和台北差不多。

我們在最後一天才安排福岡的行程。由於回台灣的班機是下午六點，時間還算充裕。比較有印象的景點是位於市中心的舞鶴公園，這座公園是福岡城的遺跡，由於福岡又名舞鶴，所以取名舞鶴公園。福岡雖然是高度發展的大都會，但是仍完整保留了昔日的歷史城跡，融合著過去與現代。散步時，有慢跑的市民，也有在大草皮上比賽足球的小學生，一派悠閒的模樣。

離開舞鶴公園，順著路來到公園旁的小社區。走進這裡，傾斜的電線桿、窄窄的巷道、低矮的民宅和高樓林立的市中心有著相當大的反差，但彼此又很和諧地共存。回想這幾天在日本的經驗，我覺得這是一個注重歷史與現代、城市與自然、熱鬧與寧靜平衡的國度。

中午過後，我們啟程前往福岡機場，七天的九州自由行就此結束。如果還有機會的話，我想再回到九州，而最想再訪的地方，應該會是伊萬里的大川內山吧！

2018.10.13
九州 福岡. 在筥崎宮舉辦婚禮
的一對新人

在福岡時，曾參訪過筥崎宮，在那裡遇到了一對正在辦傳統婚禮的新人

健行日常

Chapter 5

記得剛上班時，開始跟著同事爬山，
漸漸培養出興趣，
於是登山健行也成了日常生活的一分子。

總覺得上山是一種清洗自己心靈的方式。
走進大自然，
除了釋放那些累積在心中的壓力外，
對我而言，更重要的是從不一樣的角度，
來認識這座美麗的島嶼。

鳶嘴山

十九世紀的德國浪漫主義畫家弗里德里希一生創作不少作品，能在藝術史上留下痕跡的只有《霧海上的旅者》。在畫中，一名穿著深色大衣的年輕男子手握拐杖背對著我們，他站在山巔，凝視著被霧海環繞的群山。我很喜歡這幅畫，畫中人物的背影，總讓我想起幾年前到鳶嘴山健行的回憶。

鳶嘴山位在台中和平區，是一座以險峻危崖出名的中級山。不過那次的登山經驗，卻是在完全沒有心理準備的情況下展開的，同行的夥伴除了太太外，還有兩位朋友。

步道起點還算平緩，途中遇到了一位年約五十歲的中年男子，他穿著夾腳拖和我們交會而過，往起點方向走去。當下覺得奇怪，怎麼有人這麼快就往回走了？後來我才知道是怎麼回事。路徑在不知不覺間變得陡峭起來，出現了一段有稜有角的碎石陡坡，大家必須排成一列拉著綁在樹上的麻繩，吃力地往上攀爬，根本就不是稀鬆平常的散步路徑呀！這讓好一陣子沒有運動的我吃足了苦頭，一下子就滿身大汗，喝掉一半的水。

地形的難度逐步升級，沿途都是裸露的稜線，沒有樹木遮住視野，風景觸手可得，山谷間流動的陣風緊貼著我。

C.W.Liu
2019.1

景色雖美，但只要一不小心失足就會摔得粉絲碎骨，想到這裡，就算沒有懼高症也都感到頭皮發麻起來。在某段路徑時，眼前出現了近乎垂直的山壁。我盯著前方，確認每一個踩點，踏在岩石的縫隙或是打入岩壁的釘子上，抓住麻繩，將身體拉長成奇怪的姿勢，貼合著岩石前進。因為太過專注，也就沒有太多心思去想可怕的事情了。

我停在角落歇息，回望來時路徑，登山客們連成細細的彩帶，山巒一直連綿到遠方，布滿了綠色花椰菜般茂密的樹林，白色的霧氣像薄紗般輕輕飄盪，覆蓋了整座山谷。

山對我來說一直很神祕，每當閉上眼睛，心中浮現的都是在迷宮般的森林裡迷路的畫面。從未想過像現在這樣，在赤裸裸的岩石上手腳併用地攀爬，路徑單純而明確。這個時候，我不再覺得山是一個神祕的地方。相反地，它毫無保留地包容著胡思亂想的我。

通過最後一段峭壁，終於抵達山頂。遠眺遼闊的天地，我的腦袋一片空白，什麼煩惱都推得好遠。站在山巔上的我，沒有激動的心情，反而從美麗的大自然裡感受到了單純的平靜。

2019

回程途中，經過了一片茂密的杜鵑林，在接下來的路程不再有前半段高低起伏的地形，我們平穩地回到了起點。

石夢谷

石夢谷位於嘉義縣與雲林縣交界的豐山村，海拔約一八〇〇公尺，是一個以瀑布、原始森林與巨型壺穴等自然景觀聞名的登山景點。五一連假的週末，我和太太前往當地健行。

關於爬山，我是這幾年才漸漸培養出興趣的。目的倒不是想要征服哪一座雄偉的高山、爬過哪一座有名的百岳，其實我只是想走進山裡而已。生活中有太多垃圾堆積在心裡，每當置身於山中，氣喘呼呼地流著汗，被森林的聲音和綠色圍繞，那些煩惱和慾望在大自然面前就會顯得毫無意義，自己的心也因此變得單純而乾淨。我想，這是我喜歡爬山的主要原因。

還在胡思亂想的時候，我們已經通過了前往石夢谷的O形環狀路口，再走十多分鐘，來到一個豁然開朗的空間。巨大的岩壁呈現眼前，像是被打磨般平滑，其上懸掛著細細的瀑布。有一小段時間，這裡還沒有其他登山客，我們坐在瀑布旁聽著水聲，看看水岸旁的綠色倒影，以及在池裡快速游動的黑色蝌蚪，享受當下的寧靜。

石夢谷瀑布前的小水塘，清澈的水面映射著綠色的倒影。

前往石夢谷的途中，經過一座茂密的原始森林。這裡的空氣很潮濕，毛茸茸的樹林披覆著生長繁盛的地衣和松蘿。我喜歡走在這裡的感覺，沒有枕木步道、沒有欄杆、也沒有小心危險的標語，腳踩在鬆軟的土壤上，跨越流著涓涓細流的濕地，很容易在不知不覺間，就把自已放進風景裡。

不過，這裡也不完全只有美好的一面。讓我感到震驚的，是盜伐森林留下的痕跡。一顆巨大的神木被砍伐得只剩底座，底座的表面布滿了被電鋸切割的正方形傷口，如同一座死亡的墓碑。附近也有不少被鋸斷的樹木，七橫八豎地倒臥著。真心感謝巡山員辛苦地保護這片森林。神木殘骸也提醒我，面對山除了提取也要付出，至少從自身做起，不把垃圾留在這裡。

通過森林沒多久，我們來到一個視野開闊的地帶，終於抵達了石夢谷。

寬廣平坦的岩石河床在眼前展開，大大小小的壺穴散布其中，幾乎都有積水。小的壺穴呈現非常深的墨綠

前往石夢谷途中所經過的原始森林，涓涓細流鋪在鬆軟的泥土上，蓋著枯黃的落葉，以及閃閃波光。

石夢谷裡的巨大壺穴，雖然是枯水期，但還是有不少積水，形成了乾淨透徹的池塘。

色，看不見底部；此外，也有像池塘一樣非常巨大的壺穴，水面映著山的倒影，光線在其中恣意流轉，相當入畫。那個當下，我拍了不少照片作為之後創作的素材。

每個畫家都有自己拿手的主題，有人擅長靜物，有人專門畫風景，也有人對肖像情有獨鍾，我最常畫的則是老房子與小巷弄。然而，我一直在嘗試改變，總覺得會選擇什麼樣的題材，跟如何感受這個世界密不可分。我想一筆一筆把心中的山描繪下來，在創作的過程中，重溫那些寧靜的時刻。

由於此時正是枯水期，有段河道沒有水，乾枯的河床上鋪滿了落葉，被茂密的森林圍繞，像是通往某個祕境的甬道。可惜時間不夠，我們沒有繼續往內探索。

回程路上，天色突然轉陰，霧氣也越發濃厚。我們巧遇三位正要上山的大哥，看他們的裝備真讓人有點擔心，除了其中一位揹著背包和穿運動鞋外，其餘兩位只穿了夾腳拖，也沒有帶雨傘、水壺、背包等重要裝備。

他們問現在去看瀑布是否還來得及？「還要半個多小時左右喔。」簡單回覆後，和他們匆匆分別。

我們在大霧裡走了好一陣子才回到停車場，沿途的樹林瀰漫在朦朧的白色裡，就像身處於一場非常真實的夢境。石夢谷的名字是怎麼來的？網路上查不到資料，但對我而言，對石夢谷這三個字最真實的感受，大概就是這段回程的散步了。

2020

阿朗壹古道

記憶需要複習，才會變得清晰。對於阿朗壹古道的風景，我是在第二次到訪後，才有了這樣的體會。

在網路的介紹裡，形容阿朗壹古道是台灣最後一段沒有公路經過的天然海岸線，緊鄰太平洋與中央山脈。從歷史的角度來看，這條長約七公里的古道，是清代開山撫番時期所建設的琅嶠卑南道殘存的路段，連結了屏東與台東。

第一次到訪阿朗壹古道是二〇一三年的員工旅遊，細節已經有點模糊了，只記得除了短暫的爬過一座山頭外，大部分的時間都走在布滿石頭的海灘上，結束行程後唯一留下的，只有當時拍下的照片而已。

第二次到訪則是二〇二一年初的家庭旅行，路線和八年前差不多。這次的印象倒是深刻多了，看到了不同面貌的大海。

健行中唯一爬過的山頭其實是突出於岸邊的海岬。爬山的前段是非常陡峭的連續階梯，直通到山頂。

雖然爬得氣喘吁吁，但看到廣闊的視野後就一點也感受不到疲憊了。從山頂可以瞭望海岸線，也可以看見整片海洋。我喜歡眼前的大海，它有著豐富的變化。遠離陸地的海面是湛藍色的、靠近陸地的海水是帶了點綠色的土耳其藍、和海岸交會的區域則是厚度不一的白色。

海也有自己的形狀，它彎曲成富有變化的弧形，隨著連綿的山巒延伸到視線遠方，除了壯觀外，還有一種釋放情緒的療癒感。

走在礫石灘上，因為離海很近，可以聽見潮水拍打海岸的聲音，像是聽見大海的呼吸一樣。海灘到處都是大小不一的橢圓形石頭，凹凹凸凸的，必須放慢步伐，小心翼翼地確認踩點，人和人之間也必須間隔一定的距離，以免扭傷腳踝或撞在一起。我喜歡在這樣一個半獨處的狀態下散步，可以完全放空，又或者利用這段時間，靜靜地思考那些困擾自己許久的事情。

就這樣一直走啊走，一點也不覺得疲憊。

海也有受傷的一面。即便是自然生態未受人類破壞的阿朗壹古道，仍不免遭受海洋垃圾的襲擾。礫石灘上有不少寶特瓶、塑膠袋、破掉的桶子等廢棄物堆積在角落，它們都是在洋流的帶動下，由遠方飄流到這裡的。

近年來，海洋垃圾如何隨著洋流移動已有不少研究。北部外海是洋流與垃圾的匯集之處，汙染最為嚴重。黑潮帶來南方的垃圾、中國沿岸流帶來北方的垃圾、西部海流則把南部河川排出的垃圾沿著西岸往北上運送。相較之下，位於東南部的阿朗壹古道已是最為乾淨的海域了，但仍有可觀的垃圾。

我還想到了作家吳明益小說《複眼人》裡面提到的垃圾渦流，那是太平洋上一個由海洋垃圾所組成的島嶼。這讓我的腦海裡出現了一幅海鷗盤旋在垃圾島上的可怕景象。不得不反思，當我們走入戶外沉浸在大自然的美好時，是否也曾察覺那些不願面對、眼不見為淨的真相？

第二次的阿朗壹之行，我沒有拍攝太多的照片，但慢慢懂得留下某些感受，我知道，這些記憶終將成為比照片更值得回味的收穫。

2021

散步時，撿到了「午後的紅茶」寶特瓶。因為開始
飄毛毛雨的關係，有的人套上了黃色的簡易雨衣。

後記

關於日常

感謝每一位支持我的朋友，拿起這本書，看著我分享生活的瑣事與感觸。我並不是一個特別突出的人，只是一個在科學園區上班的工程師，喜歡畫畫、有空時寫寫隨筆而已。

在台南生活帶給我許多改變，印象最深刻的是在小巷弄穿梭、畫速寫的時候。總會有一股很安靜的感覺，除了自己的腳步聲，還可以聽到老房子裡住戶閒談的聲音、或是大街上微弱的引擎聲，這樣的寧靜，為我的心留下很大的空間，在畫畫時感受時間的流逝，那個當下，可以看到比平常還要更多的細節。差不多也是從這時起，我開始斷斷續續地利用繪畫，記錄自己的日常生活。

幾年過去，我偶爾會翻閱從前的作品，閉上眼睛，腦海裡便會如播放投影片般，重現過去的某個時刻。我們就像飄浮在水面的小船，隨著流水移動，常常在一眨眼間，已經走了好遠的距離，我想日常就是這麼一回事吧！如果沒有特別留意，很容易就消失在轉瞬即逝的風景裡。

記得在決定這本書的書名時，曾經想過許多版本，比方說「速寫日常」、「斜槓日記」等等，但一直覺得不夠貼切，直到腦海中閃現出「流動日常」才總算豁然開朗。很喜歡這個名字，它將我對日常的感受，很直接地表達了出來。

在書中，我主要整理了近四年來的日常紀錄，部分是以前所寫的日記、部分則是看著畫作，根據記憶再補寫的隨筆。其實，「寫書」本身也帶給我相當大的啟發，不要小看每個平凡的日常，正是因為它們，塑造了生活的樣貌。

希望讀完這本書的你，能從我的經驗中有所收穫，發現屬於自己的流動日常。

【旅人之星 68】MS1068

流動日常：藝術蝦的繪畫日記

作　　者　藝術蝦（林致維）
美術設計　吳郁嫻
總 編 輯　郭寶秀
編輯企劃　力宏勳

發 行 人　涂玉雲
出　　版　馬可孛羅文化
10483 台北市中山區民生東路二段 141 號 5 樓
電話：(886)2-25007696
發　　行　英屬蓋曼群島商家庭傳媒股份有限公司城邦分公司
10483 台北市中山區民生東路二段 141 號 11 樓
客服服務專線：(886)2-25007718；25007719
24 小時傳真專線：(886)2-25001990；25001991
服務時間：週一至週五 9:00 ~ 12:00；13:00 ~ 17:00
劃撥帳號：19863813 戶名：書虫股份有限公司
讀者服務信箱：service@readingclub.com.tw
香港發行所城邦（香港）出版集團有限公司
香港灣仔駱克道 193 號東超商業中心 1 樓
電話：(852)25086231　傳真：(852)25789337
E-mail：hkcite@biznetvigator.com
馬新發行所城邦（馬新）出版集團【Cite (M) Sdn. Bhd.(458372U)】
41, Jalan Radin Anum, Bandar Baru Seri Petaling,
57000 Kuala Lumpur, Malaysia
電話：(603)90578822　傳真：(603)90576622
E-mail：services@cite.com.my

輸出印刷　前進彩藝有限公司
初版一刷　2022 年 6 月
定　　價　499 元

ISBN 978-986-0767-99-5
ISBN 978-626-7156-00-1 (EPUB)

流動日常：藝術蝦的繪畫日記 / 藝術蝦（林致維）著 . -- 初版 . -- 臺北市：馬可孛羅文化出版：英屬蓋曼群島商家庭傳媒股份有限公司城邦分公司發行 , 2022.06
面；　公分 . --（旅人之星；68）
ISBN 978-986-0767-99-5（平裝）

863.55　　111006824